weissbooks.w

Jacqueline Moser
Lose Tage
Roman

weissbooks.w

Für Ruedi und meine Freunde

1964

Auf einem Spaziergang in der Nähe des Dorfes Riein im Graubünden war André stehengeblieben. Ein Mädchen hatte auf einem Stück Feld am Boden gekauert und Kartoffeln ausgehackt. Eine langhaarige Mischung von Hund war daneben in Stellung gestanden. Kaum war die erdige Knolle sichtbar geworden, hatte der Hund danach geschnappt. Das Mädchen hatte den Hund in die Rippen gestossen und vom Korb weggedrängt. Der Hund hatte gebellt und nicht aufgehört, bis das Mädchen die Kartoffel über das Feld geworfen hatte. Kurz darauf war der Hund wedelnd neben ihr gesessen. Sie hatte in seine Schnauze nach der Kartoffel gefasst. Der Hund hatte den Kopf wild hin und her geschlagen. Das Mädchen hatte sich umgedreht und die Kartoffel zu den anderen in den Korb geworfen.

Im darauffolgenden Winter war André erneut in die Berge nach Riein gereist.

Wenige Monate nach ihrem achtzehnten Geburtstag hatte André Lucia geheiratet.

1970-1993

Adrian hat Tante Anette erneut nach seiner Mutter gefragt.

Tante Anette atmet laut aus. Sie hat die Mutter schon öfters beschrieben. Sie war eine sehr schöne Frau, sagt Tante Anette. Damals, erinnert sie sich, hatte deine Mutter dunkle, fast schwarze, lange Haare. Sie hatte dieselben Augen wie Carla. Sie war ausgesprochen schön, mädchenhaft, aber schön. Und was ist sie für ein Mensch? will Adrian wissen. Sie war eine feingliedrige und zarte Person, sagt Tante Anette. Nein, was ist sie für ein Mensch, will Adrian wissen. Sie war eine einfache Person, erklärt ihm Tante Anette. Sie ist also doch dumm, stellt Adrian fest. Nein, dumm war sie nicht, du darfst nicht auf die Bemerkungen der Grossmutter hören. Es stimmt, in Französisch oder Englisch zum Beispiel konnte sich deine Mutter nicht unterhalten. Dafür sprach sie Rätoromanisch und Italienisch. Ich glaube, ihr Vater kam aus dem Calancatal. Und ihr Deutsch war auch ganz ordentlich. Aber das zählte für die Grosseltern nicht. Natürlich hatte sie nicht die beste Allgemeinbildung, aber was interessierte sie Korsika, ob das nun zu Frankreich oder Italien gehört. Die hatten in den Bergen andere Sorgen. Nein, ganz im Gegenteil, deine Mutter war eine intelligente Frau.

Aber warum ist sie von uns weggegangen? warum haben wir sie nie mehr gesehen?

Das ist alles so lange her, seufzt Tante Anette, und ich war selber noch sehr jung.

Was heisst das?

Dass alles, was ich dir erzählen würde, sagt Tante Annette, vielleicht nicht der Wahrheit entspricht.

Die Grossmutter sass zwischen den Kindern am schweren Nussbaumtisch und strich die Brote. Adrian mochte die Schnitten nicht. Er drehte den Kopf zur Seite und schob den Teller von sich weg, ohne sein Frühstück angerührt zu haben.

Auch den Apfel im Kindergartensack hatte er all die Tage nicht mehr angefasst.

Die Grossmutter nahm das Küchenmesser und schnitt ein lachendes Gesicht in den Apfel.

Blitzartig wandte sich Adrian zur Grossmutter um und schlug ihr mit der Tasse heisser Schokolade den Apfel aus der Hand. Die Grossmutter war aufgesprungen und ins Badezimmer gestürzt. Carla fing im Kinderstuhl an zu schreien.

Mit einem hochroten Kopf kehrte die Grossmutter zurück. Wortlos bückte sie sich und wischte mit dem Bodenlappen die Schokolade auf.

Die Grossmutter sagte André nichts, als er am Abend nach Hause kam, und ging ihm aus dem Weg.

Vor Carlas Gesicht wackelten die Ohren des Hasen. Carla hatte den Hasen soeben gefragt, was sie ihm für ein Lied vorsingen solle. Was heisst das? fragte Carla den Hasen. Das Kindermädchen flüsterte dem Grossvater etwas ins Ohr. Der Grossvater, der den Stoffhasen in der Hand hielt, sagte mit hoher Stimme, ein Männlein im Walde. Du meinst, ein Männlein steht im Walde, verbesserte Carla den Hasen, ihre Stimme war ebenfalls hoch. Gut.

Carla sang dem Hasen das gewünschte Lied vor. Als sie es beendet hatte, fragte sie den Hasen, möchtest du noch eines hören? Der Hase nickte.

Obwohl Carla erst drei Jahre alt war, kannte sie schon über zwanzig Lieder auswendig.

Nach dem siebten Lied nickte der Hase noch immer. Carla drehte sich hilfesuchend nach dem Kindermädchen um, was kenne ich noch für ein Lied? fragte sie, wobei ihre Stimme wieder dunkler wurde. Das Kindermädchen überlegte. Dann flüsterte sie Carla etwas ins Ohr.

Der Grossvater staunte, da muss man achtgeben, vielleicht wird aus Carla später eine Sängerin. Dummes Zeug, sagte die Grossmutter. Zum Glück hast du nicht unsere Kinder erzogen, Vagabunden wären sie geworden, alle beide.

Carla hatte ihren Daumen in den Mund gesteckt und sich bei dem Kindermädchen eingekuschelt. Sie lauschte der Geschichte vom goldenen Buch Nurias. Adrian sass am Kindertisch und hielt sich die Ohren zu. Das Kindermädchen ging zu Adrian hin. Was willst du denn für eine Geschichte hören, fragte sie und versuchte, ihm über den Kopf zu streichen, was er gerade noch abwehrte.

Jetzt gehst du aber stracks ins Bett, sagte das Kindermädchen und bemühte sich, freundlich zu klingen. Adrian sagte nein und blieb auf dem kleinen Stuhl sitzen.

Jeannette hatte, wie jeden Morgen, die Decke ausgeschüttelt, sie zu einem länglichen Viereck übereinander geschlagen und sie mit den Händen so lange glatt gestrichen, bis die vier Kanten wieder sichtbar geworden waren.

Nun komm schon, sagte das Kindermädchen. Sie packte ihn unter den Armen und hob ihn auf.

Die Decke ist hart, brüllte Adrian los und klammerte sich am Kindertisch fest. Dem Vater reichte es. Er hatte vom Arbeitszimmer aus zugehört. Wetternd kam er ins Zimmer gesprungen.

Wenn du nicht augenblicklich ins Bett gehst …, schrie der Vater.

Adrian schlüpfte sofort ins Bett und zog sich die harte Decke über den Kopf. Er versuchte beim Atmen, kein Geräusch mehr von sich zu geben.

Das Kindermädchen hatte sich an der Universität in Genf eingeschrieben. Jeannette kam aus Neuchâtel. Zweieinhalb Jahre lang hatte sie im Eckzimmer neben Carla am Ende des Korridors gewohnt. Immer wieder hatte sie mit Adrian gesprochen, der nicht hatte verstehen wollen, warum ausgerechnet Jeannette Dolmetscherin werden musste. Du kannst doch für immer bei uns bleiben. Von jetzt an werde ich auch tun, was du sagst. Adrian hatte Jeannette seine flache Hand hingestreckt. Nur, diesmal hatte es keinen Handschlag gegeben. Ich bin bald dreiundzwanzig und habe noch immer keinen Beruf. Ich kann nicht ewig bei euch bleiben, ich muss an meine Zukunft denken. Adrian hatte sich von dem Kindermädchen losgerissen und war in den Keller gelaufen. Hinter dem Holzkasten war er für niemanden mehr auffindbar gewesen.

Der Vater von Jeannette trug die Koffer aus dem Haus und verstaute sie im Auto. Ich gehe nicht von hier weg, weil ich euch beide nicht mag, sagte das Kindermädchen zu Adrian und Carla, die neben der Grossmutter unter der Tür standen. Ihr seid sehr nette Kinder.

Sie beugte sich zu Adrian. Das weisst du doch, oder? Adrian nickte.

Ich bin viel länger geblieben, als ich wollte, erklärte das Kindermädchen. Kommst du nachher wieder? fragte Adrian. Das Kindermädchen blickte kurz von ihm weg. Dann nahm sie Adrian in die Arme und drückte ihn an sich.

Es ist Anfang September, ein heisser Tag. Adrian hat sich auf seinem Balkon eingerichtet. Unter ihm liegt ein Frottiertuch, neben ihm, in Griffnähe, steht ein Gin. Die Eisstücke im Glas werden kleiner und bekommen brüchige Ränder. Adrian liegt ausgestreckt auf dem Boden. Er hat die Augen geschlossen.

Ausser dem Vogelgezwitscher und dem Geräusch der Lüftung von dem alten Hinterhofhaus ist nichts zu hören.

Dem vorderen Balkongeländer entlang reiht sich ein Thujatopf an den nächsten. Das Seitengeländer hatte Adrian gleich beim Einzug mit weissen Platten abgedeckt.

Ein Spatz sitzt auf dem Sonnenschirm. Er hat mit Pfeifen aufgehört und zupft an einem Thujaast. Adrian blinzelt und dreht sich zur Seite. Die Sonnenstrahlen rutschen über die nackte Haut.

Es vergeht eine Weile, bis Adrian merkt, dass es sein Telefon ist, das klingelt.

Beim Aufstehen entwischt ihm ein Stöhnen. Er geht ins Wohnzimmer und hebt den Telefonhörer ab.

Lädst du mich zu einem Drink ein? fragt eine Frauenstimme, die Adrian nicht kennt.

Wenige Minuten später steht die Frau auf Adrians Balkon. Sie streckt den Arm aus und zeigt auf den kleinen Spalt zwischen den weissen Platten und dem Balkonboden.

Mein Balkon ist sehr klein und nicht so gut abgeschirmt, erklärt die Frau erneut.

Sie scheint keine Hemmungen zu kennen. Sie zieht ihre Kleider aus und legt sich, nackt wie sie ist, auf das mitgebrachte Badetuch. Ihr Körper ist sehr schön.

Sie lacht, weil es Adrian peinlich wird, und er zögert, das umgebundene Frottiertuch abzulegen.

Vom Wohnzimmer aus sieht Adrian, wie Linda auf dem Bett liegt und an die Decke starrt. Seit mindestens drei Minuten hat sich Linda nicht gerührt, was bei ihr eine Seltenheit ist.

Was denkst du? fragt Adrian, der durch die offene Glastür ins Schlafzimmer getreten ist. Nichts, sagt Linda, das ist es ja, ich kann an nichts denken. Ich bin nicht einmal in der Lage, einen Gedanken zu fassen, um wenigstens ein Stück weit darüber nachzudenken. Ich frage mich, warum mein Kopf nicht zum Platzen voll ist, wie bei all den anderen, die sich Gedanken machen können von da bis dort und wieder zurück, und das reihum.

Adrian liegt neben Linda auf dem Bett. Ich weiss nicht, wo das Problem ist, sagt er. Es gibt genug Leute, die wären froh, wenn sie einmal in diesen Zustand kommen könnten, die ziehen sich wochenlang in ein Kloster zurück und bemühen sich bei dem ganzen Aufwand um nichts anderes als darum, an nichts zu denken.

Ist das wahr? fragt Linda. Natürlich ist das wahr, sagt Adrian und küsst ihr Ohr, was sie nicht ausstehen kann. Aber auch Linda weiss, was Adrian nicht mag.

Spass beiseite, sagt sie. Ich habe darüber nachgedacht, ob ich nicht endlich bei dir einziehen soll.

In einem Kessel zertrümmert Adrian mit einem Holzstössel das Eis, kippt die Eismasse in das Mixerglas. Limone, zwei saubere Gläser, Zuckerrand. Er fährt mit den Händen über die weisse Schürze und schiebt die beiden Caipirinhas über die Theke.

Kann der Barmann auch tanzen? fragt die Frau. Sie fasst nach seinem Arm und zieht Adrian hinter der Bartheke hervor auf die Tanzfläche. Mit der einen Hand hält Adrian die Frau an der Taille, mit der anderen Hand trinkt er Bier. Drum and Bass. Es ist heiss. Adrian zündet sich eine Zigarette an. Er drückt Colette an sich und bringt sie immer wieder zum Lachen.

Adrians Freund kommt mit einer Kiste Wein an den beiden Tanzenden vorbei und erinnert Adrian an seine weisse Schürze.

Zwei Tage später steht die Frau im Studio. Sie bleibt bei der Tür stehen und winkt Adrian zu, der gerade am Telefonieren ist.

Er kommt auf sie zu und bietet ihr einen Kaffee an. Dass er ihren Namen nicht mehr weiss, verzeiht sie ihm.

Adrian betrachtet die Rückseite des Briefes. Nur die Initialen P. B. stehen dort.

Die Strassen sind leer. Seit Wochen regnet es. Die Temperatur ist gesunken. Im Hinterhof lehnen die zusammengelegten Liegestühle und Sonnenschirme an der Wand. Für die meisten Bewohner kann der Sommer noch nicht zu Ende sein. Nur der Mann in der Parterrewohnung gegenüber hat den Tisch und die Stühle in den Keller geräumt und dem Herbst mit seinen nassen Blättern und dem kleinen Geäst Platz gemacht.

Adrian fragt sich, was ihm die Nachbarin schreiben mag, die er seit dem Nachmittag auf dem Balkon nicht mehr gesehen hat.

Adrian faltet das Blatt Papier auseinander.

Die kleine Schrift hebt sich deutlich von dem weissen Hintergrund ab.

Wenn Du nicht bis zum nächsten Sommer warten willst.

Morgen um halb zwölf zum Brunch. Patricia

Das Foyer ist restlos überfüllt, deswegen die vielen Leute vor dem Eingang. Es ist die letzte Spielzeit des Theaterintendanten, der letzte Tag vor der Sommerpause.

Carla kämpft sich zwischen den herumstehenden Besuchern durch, bis sie die Eisenbrüstung erreicht, an der ein paar grossformatige Fotos hängen. Carla klettert die ersten zwei Stangen hoch. Ihr Blick schweift über die vielen Köpfe. Dort, auf der Treppe stehen sie, die Studenten der Musikakademie. Auf der Tanzfläche kann sie noch zwei weitere Freunde ausmachen. Carla springt vom Gerüst. Mit der Schulter voran bahnt sie sich einen Weg durch die Menschenmasse.

Ah, da ist sie ja, die Frau, die immer erst nach Mitternacht auf Feste kommt. Frederik wirft den perfekt einstudierten Blick auf seine Armbanduhr. Jawohl! Carla bleibt sich treu, es ist zwanzig Minuten nach ein Uhr.

Für alle ist es ein Rätsel, was Carla vorher immer macht. Wo warst du denn, dass du erst so spät auftauchst? fragt Frederik neugierig.

Im Volkshaus an einem Konzert, afrikanische Musik, aus Benin.

In dem Fummel? Carlas Mitstudent kann es nicht glauben. Carla trägt einen violetten langen Rock und einen silbrigen Blazer. Na und?

Warst du ganz alleine dort? staunt Géraldine. Carla staunt auch, ist das eine ernst gemeinte Frage?

Ein paar Tage nachdem Carla und Géraldine mit dem Schiff auf der Insel Kreta angekommen sind, hat Géraldine einen jungen Griechen kennengelernt.

Géraldine geht mit dem jungen Mann zum Hafen hinunter. Carla richtet sich bequem am Strand ein.

Sonst hat es keine Seeigel, hat sich der Hotelbesitzer in gebrochenem Deutsch bei seinen Gästen entschuldigt, aber das Meer macht in letzter Zeit, wie es ihm gefällt. Mit diesen Worten hat er bei ein paar Gästen ein Lächeln entlockt, andere Gesichter sind angespannt geblieben.

Carla hat in dem Badezubehörladen neben dem Hotel Plastiksandalen gekauft. Sie streckt ihre Arme aus und zirkelt an den stachligen Tieren vorbei, bis das Wasser tief genug ist und sie sich hineinfallen lassen kann.

Sie liegt auf einem grossen Stein und lässt sich von der Sonne trocknen.

Vor den Ferien hat sie von Frau Enderlin ein Buch geschenkt bekommen. Obwohl Frau Enderlin, das ehemalige Kindermädchen, schon lange nicht mehr bei Stadlers angestellt ist, hat sie noch nie einen Geburtstag von Adrian oder Carla vergessen.

Carla holt den Golem von Meyrink aus der Tasche und liest weiter. Géraldine kommt den Strand entlang gelaufen. Sie kniet sich neben Carla hin. Géraldine nimmt ihrer Freundin das Buch aus der Hand und klappt es zu. Der Freund des jungen Griechen würde Carla gerne kennenlernen, er finde sie sehr hübsch, und ob sie nicht mit ihr hinüber zur Strandbar komme. Der junge Mann lehnt an der Theke und grinst zu ihnen hinüber.

Und wie soll ich mich mit dem unterhalten? In Zeichensprache?

Liebe braucht doch keine Sprache, stellt Géraldine klar.

Carla stützt sich mit dem Ellbogen auf und schnappt nach ihrem Buch. Géraldine läuft kopfschüttelnd davon. Carla ärgert sich, weil sie nicht sogleich die Stelle finden kann, bei der sie stehengeblieben ist.

Was finden bloss alle Frauen an deinem Bruder? fragt Carlas Mitstudentin. Das ist mir auch ein Rätsel, sagt Carla, die noch mehr darüber erstaunt ist, dass das Gespräch schon wieder bei ihrem Bruder angelangt ist. Sie bestellt bei der Bardame ein weiteres Bier. Vielleicht, weil er gut ausschaut, meint Géraldine. Mag sein, sagt Carla gelangweilt. Oder weil er so charmant ist, fügt Géraldine hinzu. Das hätte sie nicht sagen dürfen.

Carla lacht schallend. Obwohl es Carla nicht mag, wenn sie alle Blicke auf sich zieht, ist es ihr nicht möglich, sich zu beherrschen.

Warum lachst du so blöd, flüstert Géraldine und sieht sich um. Sie zupft an Carlas Pulloverärmel.

Hör doch auf! bittet sie.

Carla hat sich wieder aufgesetzt. Sie hält die Hände hinter dem Kopf verschränkt und blickt ihre Mitstudentin an.

Charmant, sagt Carla, ist im Zusammenhang mit meinem Bruder das wohl verkehrteste Wort. Du darfst alles sagen, aber nicht charmant. Das ist er keineswegs!

Carla hat soeben bemerkt, dass sie mit einer weiteren Verehrerin spricht.

Direkt neben meinem Zimmer hatten die Kindermädchen gewohnt. Jeannette, Judith, Frau Enderlin, Lieve und wie sie alle hiessen.

Warum soll ich ausziehen? fragt Carlas Mitstudent, ohne auf das, was Carla gesagt hat, einzugehen, während er das Licht im Fernsehzimmer löscht und mit Carla in sein Zimmer zurückkehrt. Hier oben ist niemand, höchst selten verirren sich seine Eltern in den zweiten Stock. Auch ein Musikzimmer hat sich Frederik unter dem Dach eingerichtet. Was ergäbe das für einen Sinn, wenn hier alles leer stände. Das Haus ist auffallend sauber. Kein Staubkorn ist zu sehen. Das Holzgeländer und die Parkettböden glänzen unter dem schräg einfallenden Sonnenlicht.

Seit dem zweiten Semester hat Carla eine eigene Wohnung. Wir haben doch genug Platz, was willst du noch mehr? hatte der Vater erst gesagt, sich dann aber schnell anders besonnen. Wenn er nicht sofort zugestimmt hatte, dann war das vor allem seinem Taktgefühl zuzuschreiben gewesen. Nicht, dass Carla noch dachte, er sei froh, wenn sie ausziehe. Kaum hatte Carla jeweils zu üben begonnen, hatte sie das leise Klicken eines Türschlosses gehört. Die Abneigung des Vaters gegenüber ihrem Instrument hatte sich für Carla letztendlich gelohnt.

In der Schönaustrasse würde es anders aussehen, hätte der Vater eine Frau. Aber der Vater interessiert sich für keine Frau mehr.

Aus dem Nähzimmer ist ein Gerümpelzimmer geworden, aus dem Zimmer der Kindermädchen und Adrians Zimmer ebenfalls, auch Carlas Zimmer ist mit allen Unmöglichkeiten vollgestopft, stapelweise aufgesparte Zeitungsartikel, alte Bücher, Ersatzteile für Fahrräder und Haushaltsgeräte, zwischen all dem steht Carlas Bett, das unter den mit Papier vollgestopften Schachteln, Ordnern und ausrangierten Anzügen verschwindet. Der Vater wird immer schlimmer.

Irgendwann hört es auf, und man kennt die Familien seiner Freunde nicht mehr. Géraldine hat es als nötig empfunden, Frederik aufzuklären.

Wie viele Kindermädchen waren es denn, im Gesamten?

Was weiss ich, sagt Carla, habe ich sie gezählt?

Wenn ich an meine Kindergartenzeit zurückdenke, sagt Carla. Pah! eine nach der anderen hatte unser Haus verlassen. Ausnahmslos alle hatten sie die Begabung, alles falsch zu machen.

Mein Vater hatte lange gebraucht, bis er sich mit der Situation abgefunden hatte.

Das ist tragisch, sagt Frederik.

Tragisch ist, wenn dir jede Frau etwas anderes erzählt. Einmal brachte das Christkind die Geschenke, eine Woche später war es der Weihnachtsmann.

Du brauchst nicht solche Augen zu machen, sagt Carla. Wenn man bei euch hinter die Kulissen schauen würde, wäre bestimmt auch etwas zu finden.

Ritsch, ratsch, ritsch, ratsch, sagte der Vater, die Kinder werden noch verrückt vor lauter Geschenken.

Adrian hatte das Papier von dem flachen viereckigen Geschenk weggerissen und das Puzzlespiel im zerrissenen Papier liegen gelassen. Adrian war aufgesprungen und Lieve um den Hals gefallen. Der Goldschlumpf. Diesen Schlumpf hatte er noch nicht. Fünfundzwanzig Schlümpfe waren schon in seinem Besitz. Nur drei hatte er doppelt.

Als Kind habe ich sie auch geliebt, die Schlümpfe, sagte Lieve, de Smurfen, wie sie bei uns heissen. Auf dem Dachboden habe ich die Hefte liegen.

Was für Hefte? fragte Adrian. Na die Schtroumpfs-Hefte, die sind in französisch geschrieben. Erst waren die Comic-Zeichnungen, später kamen die Plastikfiguren, erklärte Lieve. Das war Adrian nicht bekannt.

Weisst du denn, wer Peyo ist? fragte Lieve. Adrian hatte keine Ahnung. Also ihr wisst auch nichts. Peyo ist der Vater von de Smurfen. Ich kann dir ein paar Hefte mitbringen, wenn ich demnächst nach Hause fahre, aber nur, wenn du sorgfältig mit den Heften umgehst. Die hebe ich für meine eigenen Kinder auf.

Das vorherige Kindermädchen hatte auch immer viel versprochen. Nicht ein einziges Versprechen hatte sie gehalten.

Hey, was ist? fragte Lieve.

Na gut, dann bring halt welche mit.

Du bist vielleicht ein mürrischer kleiner Kerl.

Machen Sie sich nichts daraus, sagte der Vater zu Lieve. Der ist mit allen so.

Am Nachmittag kam eine Freundin von Lieve zu Besuch. Bring deine Zeichnung herunter, munterte Lieve Adrian auf, der an diesem Nachmittag für nichts zu begeistern war. Adrian sprang die Treppe hoch und stand kurz darauf, mit einem Zeichnungsblatt in der Hand, wieder neben Lieve im Wohnzimmer.

Auf der Zeichnung waren viele Fische zu sehen. Erklär meiner Freundin, was das für Fische sind, forderte Lieve Adrian auf. Adrian setzte sich zu Lieves Freundin. Das ist ein Goldfisch, erklärte er, und das ein Karpfen, ein Zackenbarsch, eine Forelle, ein Kugelfisch, ein Schwertfisch. Am unteren Rand vom Zeichnungsblatt war ein sehr kleiner Fisch zu sehen. Das ist ein Putzerfisch, sagte Adrian, der gehört da oben zum Zackenbarsch.

An den Fischen fehlte nichts. Schuppen, Kiemen, Flossen. Alles war da.

Der Karpfen und die Forelle waren mit vielen verschiedenen Farben angemalt. Wenn die Fische miteinander sprechen, wechseln sie die Farbe, erklärte Adrian.

Woher weisst du das? staunte Lieves Freundin.

Adrian zuckte die Schultern.

Willst du später ein Meeresforscher werden? fragte Lieves Freundin.

Natürlich, war die prompte Antwort von Adrian.

Dann musst du uns unbedingt verraten, was ein Meeresforscher macht, bat Lieve.

Der Meeresforscher taucht ins Meer ab, sagte Adrian. Er wartet so lange, bis ein Fischschwarm kommt, dann ist der Meeresforscher still, bewegt seine Flossen kaum noch und beobachtet die vielen tausend Fische um sich herum.

Jedes Kind hat eine Mutter, drängte Lieve, du musst auch eine haben. Nein, versicherte Carla. Ich nicht.

Lieve rief nach Adrian. Setz dich einmal hin, befahl sie ihm. Kein Mensch sagt mir etwas in diesem Haus. Wo ist eure Mutter?

Adrian antwortete zuerst nicht, dann sagte er, weg. Er stand wieder auf und wollte in sein Zimmer.

Setz dich hin, befahl Lieve von Neuem. Jetzt will ich wissen, was hier los ist. Wo ist deine Mutter hingegangen?

Nach Amerika, sagte Adrian.

Was macht deine Mutter in Amerika? fragte Lieve.

Sie arbeitet dort, antwortete Adrian.

Lieve wurde neugierig. Was arbeitet sie denn?

Sie ist eine berühmte Schauspielerin, sagte Adrian, sie spielt in sehr grossen Filmen. Ach so, meinte Lieve. Ja, sagte Adrian, es wird lange dauern, bis sie wieder zurückkommt.

Lieve glaubte kein Wort. Sie liess Adrian davonlaufen.

In der Nacht gab es einen heftigen Knall. Carla schreckte aus dem Schlaf und horchte. Im Zimmer war es still. Dann fing Adrian draussen laut zu schreien an.

Im Halbschlaf war er den Flur entlang gewandelt, über den Bahnhof der Eisenbahn gestolpert und auf den Boden gestürzt.

Die Tür ging auf, und Carla erschien verschlafen im Zimmer. Sie rieb sich die Augen und sah den Bruder verblüfft an.

In Unterhemd und Socken stand er vor der geöffneten Kommodenschublade. Er liess das Pyjamaoberteil auf den Boden fallen und nahm einen Pullover heraus.

Was machst du mitten in der Nacht? flüsterte Carla.

Lieve suchen, raunte Adrian.

Der Vater war für ein paar Tage geschäftlich nach Bologna verreist.

Vor dem runden Spiegel im Flur war Lieve gestanden und hatte mit einem dünnen Pinsel über dem Wimpernansatz einen blauen Strich gezogen.

Ich bleibe nicht lange weg, hatte sie Adrian versichert, der hinter ihr stehend, dauernd gefragt hatte, wo sie hingehe und wann sie zurückkomme.

Mit Freunden gehe ich tanzen, hatte Lieve gesagt, sowie du schläfst, bin ich wieder zurück.

Adrian war aufgewacht. Im Flur hatte er gesehen, dass die Tür von Lieves Zimmer offen stand.

Im Haus, mit den vielen dunklen Zimmern, war es unheimlich, tief in der Nacht. So alleine. Nur er und Carla.

Geh besser ins Bett und schalte das Licht aus, sagte Carla, Lieve kommt sicher bald.

Nein, ich hole sie lieber, murmelte Adrian. Er schlug den Schal um den Hals, zog den Wintermantel an und setzte die Wollmütze auf. Vorsichtig schlich er die Treppe hinunter. Adrian schlüpfte in die Stiefel und öffnete leise die Haustür.

Draussen war die Nacht noch unheimlicher. Die Fenster der Häuser waren schwarz, die Strassen düster und neblig. Adrian schloss das Gartentor hinter sich und schaute die Strasse hoch. Beim Eckhaus, in dem die Durants wohnten, war eine Kreuzung, die Brunnenstrasse, die Margeritenstrasse und der Kastanienweg führten von dort weg. Adrian drehte den Kopf und blickte ratlos die Strasse abwärts.

Endlich war es so weit gewesen. In wenigen Tagen würde Adrian an der Autoausstellung in Mailand zwischen den Oldtimern umhergehen. Am allermeisten interessierten ihn natürlich die roten Ferraris, die er in allen möglichen Kleinausführungen in seinem Zimmer stehen hatte.

Der Vater war mit zwei Flugtickets nach Hause gekommen. Warum fliegen? hatte Adrian gemäkelt. In wenigen Stunden konnten sie bequem mit dem Zug Mailand erreichen. Ohne das endlose Warten auf dem Flughafen.

Adrians Einwände hatten den Vater wenig interessiert. Aber problemlos, hatte der Vater gesagt, kannst du das Ticket umtauschen und mit der Bahn hinterherkriechen.

Adrian sass mit dem Vater im Flugzeug. Sie hatten eine Vierersitzreihe für sich alleine. Beim vorbeigehenden Steward bestellte der Vater einen Cognac. Er legte seinen Handkoffer auf das blaugestreifte Polster zwischen sich und Adrian und klappte den Koffer auf. Der Vater nahm das Cognacglas entgegen. Ist doch gemütlich, so ein Flug, sagte er und prostete Adrian zu. Der Vater kippte den Inhalt in einem Mal hinunter. Aus der bauchigen Innentasche holte er seine Post. Er öffnete einen Brief nach dem anderen, während Adrian am kleinen Fenster lehnte und gegen das helle Blau anblinzelte.

Carla durfte mit Tante Anette zu einem Fest. Die meisten der Gäste hatten lange Haare und Sonnenbrillen auf, und das bei Dunkelheit. Carla sah sich um. Hinter dem vielen Rauch konnte sie die Leute kaum erkennen. In einem der Räume spielte eine Band. Einige Gäste tanzten, wobei sie vor allem ihre Köpfe schüttelten. Als die Band eine Pause machte, bestand Carla darauf, dass auch sie ein Lied singen darf. Carla ging über die Fläche und stellte sich hinter das Mikrofon. Erst leise, dann mutiger sang sie verschieden hohe Töne, keine Worte, nur aneinandergereihte Töne. Ein paar Leute standen um die Tanzfläche und rauchten lange Zigaretten. Sie tauschten Blicke und bemühten sich, nicht zu lachen.

Wie eine Meerjungfrau habe ich gesungen, sagte Carla, als sie von einem Mann, der mehrere Halsketten trug, gefragt wurde, was das für ein eigenartiges Lied gewesen sei.

Auf der Heimfahrt sass Carla neben Tante Anette im Auto. Noch nie war Carla so spät in der Nacht unterwegs gewesen. Gegenüber niemandem wird sie das erwähnen. Carla und Tante Anette hatten ein Geheimnis.

Sie fuhren auf der Schnellstrasse und kamen an Hügeln vorbei, von denen verstreut die Lichter der Häuser auffunkten.

Schau nur, wie ein Feuerwerk, sagte Carla zu Tante Anette. Tante Anette sah zum Fenster hinaus, wo ist ein Feuerwerk?

Dort, sagte Carla und zeigte auf den Hügel, auf die Lichter der Häuser.

Seit Wochen schon hatte sich Pinocchio seltsam benommen und viele Federn verloren. Carla war oft vor dem offenen Käfig gestanden und hatte versucht, Pinocchio mit allen möglichen Tricks herauszulocken. Sie hatte ein paar Körner auf die Hand gelegt und sie ihm hingestreckt. Aber Pinocchio war auf dem Holzstab, in der Ecke, hocken geblieben und hatte sich kaum mehr bewegt.

Du musst Pinocchio morgen zum Tierarzt bringen, damit er ihn einschläfert, sagte der Vater, das ist für den armen Vogel nur noch eine Qual, je länger du wartest.

Am nächsten Tag packte Carla Pinocchio in eine Schuhschachtel. Den Boden hatte sie mit Gras und kleinen Margeriten ausgelegt und ein paar Körner darauf gestreut. In den Deckel hatte sie mit einer Schere Löcher gestossen. Beim Tierarzt gab Carla Pinocchio beim Empfang ab, ohne noch einmal in die Schachtel zu schauen.

Am Abend erkundigte sich der Vater bei Carla, ob sie Pinocchio zum Tierarzt gebracht hatte. Carla nickte. Das ist für den Vogel das beste so, sagte der Vater. Carla nickte. Ist alles in Ordnung? fragte der Vater. Carla nickte. Möchtest du einen neuen Wellensittich oder einen Kanarienvogel? Carla schüttelte den Kopf. Nein, sagte sie, ich möchte ein Pferd.

Das ist unsere Mutter, sagte Adrian zu Carla. Du spinnst, sagte Carla, die kein Wort von dem, was Adrian sagte, glaubte. Nein wirklich, das ist sie, versicherte Adrian.

Unsere Mutter hatte lange schwarze Haare und dunkle Haut. Das wusste Carla von Tante Anette.

Die Frau im Fernseher hatte kurze schwarze Haare und eine helle Haut.

Sie hat die Haare abgeschnitten und sich nicht mehr an die Sonne gelegt, sagte Adrian.

Nach einer Weile wurde im Fernseher der Name der Frau eingeblendet, die mit einem Blatt Papier in der Hand am Tisch sass und über Politik sprach.

Siehst du, sagte Carla, die heisst ganz anders.

Natürlich, sagte Adrian, sie hat den Namen geändert, damit man sie nicht mehr erkennt.

Adrian sprach mit einer solchen Überzeugung, dass Carla unsicher wurde und er mit der Zeit selber daran glaubte, was er erzählte.

Carla lacht. Nein, sie kann sich unmöglich an die Behauptung von Adrian erinnern, die so viele Jahre zurückliegt. Adrian hat keine bildhafte Erinnerung an die Mutter, aber an das Gesicht der Frau im Fernseher kann er sich noch vage erinnern.

Adrians Geschäftskollege weiss noch genau, wie er als Dreijähriger in Südfrankreich am Strand kauerte, nahe am Wasser, das seine kleinen Zehen alle paar Sekunden mit Sand überspülte. Er schlug mit der flachen Hand auf den Sandboden, der unter seiner Hand nachgab und zwischen seinen Fingern hervorquoll. Sein Vater hatte ihm eine Sandburg mit zwei Seen gebaut.

Vermutlich hast du gelacht, sagt Adrian, und die Hand nach dem viereckigen kleinen Kästchen ausgestreckt. Du trugst eine rote Badehose und hattest eine weisse Sonnenmütze auf, die dir ins Gesicht hing.

Adrian glaubt nicht an ein so gut funktionierendes bildliches Gedächtnis. Da sein Vater alle Fotos und Filme aus jener Zeit vernichtet hat, hat Adrian keine genauen Vorstellungen von seinen ersten Lebensjahren.

Wenn er sich an etwas aus seiner frühesten Kindheit erinnert, dann sind das einzelne aus einem Bild gefallene Mosaiksteine, die im besten Fall ganz geblieben und mit Gefühlen verbunden sind.

Auf der Glasablage im Badezimmer fehlten die kleinen Flaschen und die Schmuckdose. Der Vater stand vor dem offenen Wohnzimmerkasten. Er nahm die Fotoalben und die Filmrollen heraus und warf sie alle zusammen in den dunklen Sack.

Als nächstes tauchten unterhalb der Türklinke des Elternschlafzimmers die braunen Augen von Adrian auf und spähten durch den Türspalt. Die Grossmutter leerte den gesamten Inhalt vom Kleiderkasten in die Kisten neben ihren Füssen. Sie riss die Blusen und Röcke von den Bügeln, die Kleiderbügel schlugen an die Holzwand und polterten auf den Boden.

Ein Stück glatter violetter Stoff hing aus einer der Kisten.

Sie steht zwischen den Brombeeren und streckt ihre Hand nach den dunklen Beeren aus. Du darfst sie nicht abreissen, nur leicht drücken und ziehen, wenn sie reif sind, kommen sie von alleine. Ihre nackten Füsse stecken in abgetragenen Schuhen, an denen trockene Erdstücke kleben. Die Arme und Beine sind braun. Auf der Haut sind weisse Striche gezogen.

Das Herz schlug Adrian in den Kopf und zerriss ihm die Stimme. Er drückte die Handballen auf die Ohrmuscheln und hielt den Kopf fest. Aus den Augen floss Wasser, aus der Nase Blut.

Adrian hält sich an einem Ast fest. Finger ziehen aus der Felswand einen flachen Stein heraus. Behutsam wird der Stein in der Hand gehalten, während die Finger der anderen Hand vorsichtig eine dünne Schicht nach der anderen abheben.

Die Kugel mit den Hamstern war dunkel. Nur neben der Tür, beim Lichtschalter brannte ein kleines Licht.

Die Engel können ihre Gestalt verändern, sie können so dünn sein wie Blätter. Ja aber sicher, sie können auch durch Wände gehen, flüstert die Stimme.

Adrian hat das Master auf den Tisch gelegt. Hundert Kopien sind von dem Vereinsanlass der letzten Woche bestellt worden. Was denkst du, wie oft mir der Alte schon in die Arbeit gepfuscht hat, sagt er. Können wir nicht etwas mehr Pep in das Ganze bringen, oder wir schneiden die Mittelsequenz raus. Einfach so. Nachträglich, versteht sich. Wenn du in stundenlanger Arbeit Verknüpfungen aufgebaut hast.

Der Alte hat einen Haufen Ideen, aber keine Ahnung von der Technik, sagt Adrians Geschäftskollege, wem erzählst du das?

Bei über hundert Konzerten hat Adrian die Lautsprecher aufgestellt, die Kabel verlegt und ist letztendlich zusammen mit seinem Geschäftskollegen hinter dem Mischpult gestanden. Aber natürlich hat dann der Boss das letzte Wort.

Lange hat Adrian den besseren Laufburschen gespielt.

Lange genug.

Bevor Adrian ins Tonstudio hinuntergegangen ist, hat er von der Videoabteilung aus die Sekretärin angerufen, die im Multimedia-Corner arbeitet. Sie soll ins zweite Untergeschoss kommen.

Um was geht es? hat die Sekretärin gefragt.

Frag nicht lange, hat Adrian gesagt. Komm.

Adrian hat den Vater nicht gefragt. Die Grosseltern auch nicht. Er ist sich sicher gewesen, keinen einzigen Franken würden sie ihm geben. Nicht für etwas, bei dem nicht mit hundertprozentiger Sicherheit das Geld gut angelegt ist.

Warum nicht, hat Tante Anette gesagt. Du und Carla, ihr seid meine einzigen Erben. So oder so. Wenn du das Geld heute gebrauchen kannst, ist mir das auch recht.

Es ist eine beachtliche Summe.

Über dreissig Jahre hatte Tante Anette als Juristin gearbeitet und das überschüssige Geld jeden Monat auf der Bank liegen gelassen.

Jetzt hat sie einen Scheck ausgefüllt.

Vor zwei Wochen haben die Bauarbeiten begonnen. Der schallisolierte Aufnahmeraum mit den verstellbaren Schallwänden wird in den nächsten Tagen fertig errichtet sein.

Hinter der verschlossenen Tür stehen Mischpult, Monitorlautsprecher, das Harddiscrecording-System, die neuen Multieffektgeräte, Kompressoren, Synthesizer sowie die bis obenhin mit Kabeln gefüllten Holzkisten. In der kommenden Woche werden die Elektro- und Toningenieure aus England eintreffen und die Geräte aufstellen.

Zuerst legt Adrian den gewichtigen Scheck zu den Münzen in die Vase, von dort in die Schublade zwischen die Socken. Unter dem Badezimmerteppich ist auch ein sicherer Ort. Schliesslich steckt er den Scheck wieder zurück in die Hintertasche der Jeans.

Auch Erich, der frühere Freund aus Adrians Kindheit, ist zum Eröffnungsapéro ins Studio gekommen. Adrian, sein Geschäftspartner und die Sekretärin unterhalten sich mit den Gästen. Adrians Geschäftspartner lässt einen Werbespot laufen. Auf dem Computerbildschirm sind verschiedene Balken zu sehen, die kleiner und grösser werden. Der Geschäftspartner dreht an den Knöpfen des Mischpults. Erich schüttelt den Kopf, nein, auch beim besten Willen, er hört keinen Unterschied. Er wirft einen letzten Blick auf den Bildschirm, in dem ein langgezogener Faden über die Balken fährt und stehen bleibt. Sofort ertönt eine Frauenstimme. Erich geht zu Adrian in den Aufnahmeraum, auch Carla steht dort.

Du hast es geschafft, sagt Erich, sieht sich um und bewundert die vielen Geräte hinter der Glasscheibe. Dann schaut er zu Carla. Ein Leben lang als Koch von einer Kneipe in die nächste ziehen, wenn ich dann so etwas hier sehe.

Adrian wird es peinlich. Ohne das Geld von Tante Anette hätte er sich das Studio nicht einrichten können.

Im Park schlich Adrian um die Tannenbäume. Eben war das Eichhörnchen noch da gewesen. Es war über das Wiesenstück an der Erdnuss vorbei gesprungen und einen der Tannenbäume hochgeklettert. Es hatte in den Tannen geraschelt, im oberen Geäst geknackt. Und dann war es wieder still gewesen.

Adrian setzte sich neben Erich auf die Banklehne. Soll ich die Erdnuss holen? fragte Adrian.

Vielleicht lassen wir sie besser liegen, schlug Erich vor, nach einer Weile wird bestimmt ein Eichhörnchen kommen.

Gut, sagte Adrian. Er öffnete seinen Rucksack und holte die Pommes Chips und die beiden Schokoladenriegel heraus, die er für sich und Erich eingepackt hatte. Erich rutschte auf die Bank und riss die Tüte auf.

Nun blieb ihnen nichts anderes übrig, als zu warten.

Ob ich das witzig finde? fragt Adrian.

Da erzählt ihm Erich Jahre später, dass ihn die Eichhörnchen nie interessiert hätten, nur wegen der Pommes Chips und den Schokoladenriegel, die Adrian immer dabei hatte, sei er mit ihm mitgegangen.

Das hätte Adrian nie für möglich gehalten.

Nachmittagelang waren sie zusammen durch den Park gestrichen und hatten den Eichhörnchen aufgelauert, um sie dann genau zu beobachten, wie flink sie die Nüsse einsteckten, und wie schnell sie mit ihrer Beute den Tannenbaum hochkletterten.

Mach nicht so ein Gesicht, sagt Erich.

Kaum waren Adrian und Carla im Garten, ging im Haus nebenan ein Fenster auf. Fast immer war es der pensionierte Herr Jensen, der, Ruhe! schrie. Sein Gesicht kam dabei nie zum Vorschein. Adrian und Carla nannten ihn nur das Gespenst.

In jener Zeit, in der Frau Jensen am Nachmittag noch die Damen zu Kaffee und Kuchen eingeladen hatte, war alles anders gewesen. Sie hatten den Nachbarskindern geholfen über den Holzzaun zu steigen, der die beiden Gärten voneinander trennte. Dann hatten sie ihnen die bunten Gläser mit Himbeersirup gefüllt. Nicht selten hatte eine der Damen ein Bonbon aus der Handtasche gezogen. Damals hatte auch der Herr Jensen noch ein Gesicht gehabt. Im Haus auf der rechten Seite wohnte eine sehr alte Frau, von der sie nur selten etwas hörten und noch seltener etwas sahen. Ihre einzige Tochter lebte in der Toscana und kam gelegentlich mit Cicco, dem Cockerspaniel, zu Besuch.

In der Nähe der Einfamilienhaus-Reihen wohnte Erich und seine Familie.

Zwischen den Arbeiterbauten lag eine riesige Rasenfläche, nichts war abgeteilt oder eingezäumt. Kinder aus mindestens sechzig Wohnungen spielten dort, unter ihnen Adrian und Carla.

Wenn bei euch einmal eine Wohnung frei wird, dann müsst ihr uns das sagen.

Ach Adrian, du bist vielleicht gut. Erichs Mutter blickte ernst, aber dann lachte sie plötzlich. Auch Erichs Vater bekam einen roten Kopf und schnappte nach Luft.

Adrian fuhr mit dem Lift in den sechsten Stock. Wie immer betrat er, ohne anzuklopfen, die Wohnung der Familie Braun. Adrian durfte das. Die Mutter von Erich hatte zu ihm gesagt, komm einfach herein, einer mehr oder weniger, was soll's.

Adrian roch sofort die dicke Luft. Vermutlich hatte Edith, Erichs Schwester, wieder Ärger gemacht. Sie war eine Diebin. Alle wussten es. Auch die Polizei, die Edith schon mehrmals nach Hause gebracht hatte. Die alte Hose an die Stange hängen und mit der neuen hinausspazieren, eine gute Idee, nur mit der Ausführung hatte es nicht geklappt, wegen des Preisschilds, das an ihrem Hintern geklebt hatte. Erich hatte sich damals darüber amüsiert, ganz im Gegensatz zu den Eltern. Wenigstens das Preisschild hättest du wegmachen können, du bist auch wirklich dumm.

Erichs Mutter sass mit rotgeschwollenen Augen am Tisch. Erichs Vater, der schon von der Arbeit zurück war, stand auf und ging an Adrian vorbei, ohne ihn zu grüssen. Was ist denn hier los? fragte Adrian seinen Freund, von dem er keine Antwort erhielt.

Von diesem Tag an war Erichs Vater immer zu Hause, mit der Zeit grüsste er wieder. Wenn er auch in seinem Benehmen seltsam blieb.

Carla war sich absolut sicher, dass sie vergangene Woche ihren Geldbeutel in diesem Geschäft liegengelassen hatte. Die Verkäuferin bückte sich erneut und zog eine Schublade auf. Währenddessen steckte Edith ein weiteres T-Shirt in ihre Tasche. Dann muss ich mich geirrt haben, vielleicht war es doch in einem anderen Laden, sagte Carla zur Verkäuferin, als diese wieder kopfschüttelnd hinter dem Verkaufstisch auftauchte.

Carla und Edith schlenderten durch die Stadt. Sie trugen dieselbe Hose, die gelbe, die gegen die Waden breit wurde, und die gleiche Bluse, eine mit aufgedruckten Kirschen, Carla hatte eine grüne, Edith eine blaue. Ihre Haare hatten sie zu Pferdeschwänzen zusammengebunden, so wie die meisten Mädchen in ihrem Alter.

Sie gingen in die Bibliothek und liessen aus der Getränkemaschine zwei Becher mit heissem Zitronentee heraus.

Sie setzten sich in die Leseecke. Edith öffnete ihre Tasche und kehrte sie um. Eines der beiden T-Shirts warf sie Carla zu.

Adrian griff mit den Händen in den Teller und riss das angeschnittene Stück Steak auseinander. Sind wir hier in einem Schweinestall, fuhr der Vater ihn an und drückte ihm das Besteck in die Hand. Wenn sich Adrian nicht benehmen kann, bleibt er bei der Grossmutter.

Der Vater hatte für den Sommer Ferien auf Sardinien gebucht. Ein Hotel direkt am Meer, mit eigenem Strandzugang, grossem Süsswasserswimmingpool mit Rutschbahn und Pingpongtischen. Adrian hatte vom Vater bereits eine Taucherbrille, Schnorchel und Flossen bekommen. Das Wasser ist glasklar, hatte ihm der Vater gesagt. Bestimmt wird Adrian beim Tauchen Fische sehen.

Aber mit so einem, der sich am Tisch nicht benehmen kann, fährt der Vater nicht in die Ferien.

Kaum war der Vater in der Küche, war Carla das Schwein. Sie fasste mit der Hand in den Spaghettitopf, die rote Sauce spritzte über den Tisch, sie schmatzte, packte nach dem Steak und den Salatblättern, drückte alles in den übervollen Mund und schüttete Cola dazu. Aus ihren Mundwinkeln tropfte ein undefinierbarer bräunlicher Brei.

So etwas gibt es doch nicht, rief Frau Enderlin entsetzt, nahm Adrian am Arm und zerrte ihn zum Hasenkäfig. Wie sieht das hier aus?

Das Streu war zusammengeklumpt und mit lauter dunklen Bohnen gespickt. Schaust du so nach deinem Hasen? Wenn ich das gewusst hätte! Dabei hatte Adrian Frau Enderlin versprochen, er würde sich selber um den Hasen kümmern, sie müsse wirklich nichts tun, wenn er nur einen Hasen haben könne. Im Garten hatte er, wie versprochen, ein Hasengehege gebaut. Nur den Hasen unterdessen vergessen.

Und zu essen hat der arme Kerl auch nichts. Adrian hatte gerade gesagt, der Hase habe kein Hunger und morgen sei auch noch ein Tag, da hatte Frau Enderlin Adrian schon am Ohr gepackt und vom Hasenkäfig zum Kühlschrank weitergezerrt.

Carla beschimpfte ihren Bruder ebenfalls, so ein Tierquäler, sagte sie. Gleich nachdem Adrian seine Pflicht erledigt hatte, verschwand er, beschämt und wütend zugleich, aus der Küche und schloss sich in sein Zimmer ein. Auf das Klopfen von Frau Enderlin reagierte er nicht. Die wollte sich nur wieder bei ihm einschmeicheln. Adrian stand auf und stellte den Kassettenrekorder lauter. Bei seiner Mutter hätte er es besser. Sie würde ihn nicht an den Ohren ziehen. Nein, garantiert nicht. Ob die Mutter wieder verheiratet ist? Vielleicht hat er sogar einen Bruder oder zwei. Wenn er nur wüsste, wo sie leben.

Adrian mochte Frau Enderlin zuerst nicht. Sie ist so dick, klagte er dem Vater. Dazu atmet sie wie ein Walross und stinkt, sobald es warm wird. Stimmt, sagte Carla. Sie mochte die dicke Frau auch nicht.

Zu dritt sassen sie um den schweren Nussbaumtisch, in der Mitte standen die Schüsseln. Jeden Tag gab es dasselbe. Kartoffeln, Reis oder Nudeln, immer Gemüse, immer ein Stück Fleisch und immer Salat. Ihr Kinder müsst gross und stark werden, sagte Frau Enderlin, sonst wird nichts aus euch. Auf ihrer Stirn hingen schon wieder Schweisstropfen, und ihr Gesicht glänzte wie eine in Öl eingelegte Tomate. Carla und Adrian rümpften die Nasen.

Frau Enderlin brachte den Plinio ins Haus. Bald roch es jeden Donnerstagabend in der Küche nach Vanille. Frau Enderlin leerte die heisse Creme in die Schüssel. Adrian und Carla standen daneben und schauten zu. Frau Enderlin stellte die Schüssel in den Kühlschrank, damit sich das Biskuit mit Vanillecreme vollsaugen konnte. So schmeckt der Nachtisch am besten. Dann kann auch Plinio kommen, aber erst, wenn ihr schläft, sagte sie.

In der Nacht schlich sich Plinio, das Rahmmännchen, in den Kühlschrank, auf die Creme. Plinio lachte, er war traurig, machte einen Luftsprung oder steckte den Kopf in den Sand, je nachdem, was er die Woche über erlebt hatte.

Mitten im Oktober kam Edith Braun mit Striemen im Gesicht und barfuss zur Schule. Herr Braun hatte Edith zur Bestrafung auch noch die Schuhe weggeschlossen. Der Lehrer war ausser sich. Jetzt ist es genug. Dein Vater wird etwas erleben. Edith sass in der Bank, ihr Gesicht hatte sie in ihren Armen vergraben. Sie schluchzte und flehte, der Lehrer solle nichts tun, die stecken sie sonst in ein Heim. Denkst du, unter den Barbaren bei dir zu Hause ist es besser? fragte der Lehrer.

Edith kann bei Carla wohnen. Ihr Zimmer ist gross genug für zwei. Carla teilt mit ihr alles. Jeden Mittag steht das Essen auf dem Tisch, immer viel zu viel. Die Kinderfrau ist sehr nett, sie hat bestimmt nichts dagegen. Edith kann mit ihnen in die Ferien fahren. Edith und Carla sind immer zusammen, jeden Tag, Tag und Nacht, wie Schwestern. Adrian braucht sie nicht zu beachten, er ist ein Idiot. Der Vater hingegen ist sehr nett, noch nie hat Carla von ihm auch nur eine Ohrfeige bekommen. Der Vater schlägt nicht, er ist ein guter Mensch.

Es reicht, befahl der Vater. Ich will nie mehr etwas davon hören. Du kannst sofort aufhören zu weinen. Das kommt nicht in Frage! Nein!

Carla hatte sich mit Edith verabredet. Am Flohmarkt wollten sie ihre alten Sachen verkaufen und damit das Taschengeld aufbessern. Carla hatte ihre Schubladen durchwühlt. Alles, was sie nicht mehr wollte, hatte sie in eine Schachtel gesteckt. Kinderbücher, Puppen und Spielsachen, Kleider und Schuhe, die ihr zu klein waren oder die sie nur selten trug.

Die Schachtel war fast voll geworden. Carla hatte Adrian gedrängt, ihr alles mitzugeben, was er ebenfalls nicht mehr gebrauchen konnte. Doch Adrian hatte auf nichts verzichten wollen, und wenn, hatte er gesagt, setze er das selber in Münzen um. Der Vater hatte seinen Kleiderkasten geöffnet und Carla die Hemden, die zuunterst auf einem Tablar lagen, mitgegeben. Frau Enderlin hatte die beiden Mädchen mit ihren Schachteln und Säcken ins Stadtzentrum gefahren.

Auf dem Flohmarkt legte Carla das mitgebrachte Leintuch hin und breitete ihre Gegenstände Stück für Stück darauf aus. Edith sass daneben und leerte ihren Plastiksack.

Sie hatte ein paar Kleider dabei. Verwaschene und ausgeleierte Pullover und Hosen aus weichem Stoff mit abgewetzten Stellen.

Edith fragte, ob sie den Gewinn teilen sollen. Carla schaute auf und warf einen abschätzigen Blick auf den Kleiderhaufen. Ist das alles? Edith nickte. Carla sagte, du spinnst wohl, sicher nicht.

In der Wohnung roch es nach Auberginengratin. Adrian mochte keine überbackenen Speisen, ausser sie kamen aus dem Ofen von Erichs Mutter.

Adrian sass zwischen Erich und seiner jüngeren Schwester, Edith, die sich immer wieder mit ihrer Gabel Adrians Teller näherte und eine Aubergine aufzuladen versuchte. Erich kniff Edith in den Rücken. Sie blickte auf und verlor einen Moment die Herrschaft über ihren Teller. Adrian steckte sich schnell die gefischte Aubergine in den Mund und grinste.

Hört endlich auf zu zanken, befahl die Mutter.

Erichs ältere Schwester hatte dem Vater soeben ein Geheimnis anvertraut. Sie wollte mit dem Fallschirm aus einem Flugzeug springen. In einer Sportsendung hatte sie gesehen, wie die Männer aus dem Himmel gefallen kamen und auf einem Stück Rasen gelandet waren.

Auch dem Vater gefiel die Vorstellung, sich aus dieser Höhe fallen zu lassen. Er breitete seine Arme aus. Was denkst du, was das für ein Gefühl ist, sagte er zur Mutter. Und unter mir dreht sich die ganze Welt. Frau Braun will davon nichts hören. Alter Dummkopf, sagte sie, das hat mir gerade noch gefehlt, zu den drei Kindern einen Pflegefall.

Deine Grossmutter mochte ich nie, sagt Erich. Sie hatte nichts von einer Grossmutter. Lebt sie denn noch?

Ja, sagt Adrian. Sie ist uralt.

Immer hatte die Grossmutter etwas an Erich auszusetzen.

Die Grossmutter hatte einen vernichtenden Blick auf Erich geworfen. Sofort bei seinem Eintreten hatte sie bemerkt, dass die übergrosse Windjacke, die er trug, aus der Kleiderbörse kam.

Die Kinder stecken ungewaschen in alten Lumpen und lungern in der Gegend herum, sagte die Grossmutter. Wenn Erich im Haus war, verfolgte sie mit ihrem Blick seine Hände. Immer hatte Erich schwarze Nagelränder.

Der Grossmutter taugte vor allem Erichs Vater nicht. Aber auch für die Mutter hatte sie kein gutes Wort. Ein Dreck ist das bei denen zu Hause, die Grossmutter schüttelte sich.

Was gibt es bei denen Besseres? hatte sie gehöhnt, als Adrian schon wieder bei den Brauns zu Mittag gegessen hatte. Nur ausgekochte Knochen, Eier und Würste. Nichts wie lauter Fettzeug.

Das stimmt überhaupt nicht, hatte Adrian der Grossmutter erwidert.

Die Grossmutter gab dem Vater zu bedenken, dass die Kinder einen bleibenden Schaden davontrügen, wenn er sie bei Schulwechsel weiterhin in diesem Quartier zur Schule gehen liesse. Soviel steht fest. Niemals werden sie einen akademischen Grad erreichen. Das ist kein Umfeld für die beiden. Die Kinder haben bereits jetzt eine Sprache, sagte die Grossmutter, dass ich meinen Ohren nicht mehr traue.

Der Vater konnte verstehen, dass Adrian mit seinen Freunden zusammen bleiben wollte. Er wird neue Freunde finden, sagte die Grossmutter.

Im Prinzip hatte sie recht. Der Vater war sich bewusst, dass er Adrian und Carla keinen Gefallen tat, wenn er ihrem Wunsch nachgab. Natürlich war die Schule weiter weg und sie mussten jeden Tag mit Tram und Bus hinfahren. Aber mit ihren Freunden konnten sie weiterhin in ihrer Freizeit zusammen sein. Besser, Adrian und Carla treffen auf andere Kinder, sagte die Grossmutter, ein grober Umgang ist das hier. Ich habe nie verstehen können, warum du ausgerechnet dieses Haus kaufen musstest. Es gibt doch bessere Quartiere. Wenn du nicht acht gibst, dann kommen die Kinder am Ende nach dieser … Dann viel Vergnügen!

Carla schlich im Pyjama die Treppe hoch. Sie öffnete leise Adrians Tür. Im Zimmer war es dunkel. Sie flüsterte immer wieder Adrians Name. Aber Adrian hörte sie nicht.

Zwei Passanten stehen vor ihr. Dann ist Carla an der Reihe.

Sie schaut durch das Plexiglas auf die Eiskübel.

Pistazie, sagt sie und.., während sie überlegt, trommelt sie mit den Fingern auf die Scheibe, und von dem dunkelroten dort hinten.

Gerne, sagt der Mann, der auf dem Marktplatz hinter dem Eiswagen steht.

Die Haarsträhnen liegen über der Glatze, die Augen sind glasig, die Wangenhaut stark geädert und die knollige Nase rot, fast blau.

Es ist Herr Braun, Erichs Vater.

Carla ist verblüfft. Wie ist es möglich, dass sich Herr Braun über so viele Jahre nicht im mindesten verändert hat?

War er schon immer ein alter Mann?

Gerne, hat er zu Carla gesagt, wie bei den Passanten zuvor, ohne die Stimmlage zu ändern.

Er drückt die Pistazienkugel auf das Waffelcornet, die Eiskelle verschwindet für eine Sekunde, das Wasser im Becken ist trüb.

Neben dem Eiswagen lehnt Herr Brauns Stock, der ihm das Gehen mit dem steifen Bein erleichtert. Unter dem Knauf ist das Edelweiss ins Holz geschnitzt.

Wie hat Carla als Kind bei den Brauns am Tisch sitzen können, ohne dass ihr etwas aufgefallen ist?

Carla hält ihm das Geld hin.

Herr Braun streckt Carla das Eis entgegen. Ja bitte, sagt er zur Passantin, die hinter Carla steht.

Dass sich Carla nicht mehr an Herrn und Frau Schweiger erinnern kann. Adrian versteht das nicht. Gleich neben Erich Braun hatten sie gewohnt. Das weisst du nicht mehr? Nein, sagt Carla.

An einem Abend hatte Frau Schweiger auf die Strasse hinausgeschrien, ich kann dieses rote Gesicht nicht mehr ertragen, diesen elenden Säufer. Sie hatte alle seine Sachen zusammengepackt und die vollgestopften Koffer und Säcke vor die Tür geworfen.

Von all dem hatte Adrian nichts gewusst. Immer wieder hatte Adrian Frau Schweiger gefragt, was mit ihrem Mann geschehen sei, und wann er endlich zurückkomme.

Nichts ist mit ihm geschehen, war jedes Mal die Antwort von Frau Schweiger gewesen. Er ist in der Badewanne ausgerutscht und dumm hingefallen. Nun macht er Ferien und erholt sich.

Adrian hatte lange auf Herrn Schweigers Rückkehr gewartet, aber er war von seinen Ferien nie mehr zurückgekehrt.

An ihn erinnere ich mich gelegentlich, wenn ich aus der Badewanne steige, sagt Adrian, dann denke ich oft, fall jetzt bloss nicht hin.

Und du kannst dich überhaupt nicht mehr an Herrn Schweiger erinnern?

Nein, sagt Carla, ich war vermutlich zu klein.

Adrians Geschäftspartner und die Sekretärin sind dem Organisationsteam ins Festzelt gefolgt.

Adrian und der Praktikant laden die Videogeräte und die Scheinwerfer in die Metallkisten, die neben dem Geschäftsauto auf Rädern stehen.

Ein Lieferwagen fährt vor. Die Tür geht auf, und ein Mann springt heraus. Ein paar Minuten später kommt er mit einem Stapelfahrzeug zurück. Zu zweit hieven sie die Blumenkiste auf die Gabel. Der zweite Mann ist hinter dem Bambusbusch zum Vorschein gekommen. Es ist Paul, Erichs Cousin.

Adrian schliesst den Kofferraum.

Pauls Gesicht erhellt sich. Er macht einen Schritt auf Adrian zu und grüsst. Adrian grüsst zurück, während er mit dem Praktikanten die Metallkisten über den Platz rollt.

Von einem Tag auf den nächsten hatte sich Paul für seine Freunde nicht mehr interessiert. Durch die Gärtnerei, in der er lernte, hatte er eine Austrägerin kennengelernt.

Selbst an den legendären Wochenendausflügen nahm Paul nicht mehr teil. Was soll ich dumm in der Gegend herumkurven, hatte er die Freunde abgewimmelt.

Bald darauf war er mit der Austrägerin zusammengezogen. Adrian und Erich hatten das von Edith erfahren, sie wiederum hatte es von Pauls Schwester gehört.

Adrian meldete sich weiterhin bei Paul. Einen Monat, zwei Monate, ein halbes Jahr, ein Jahr.

Musst du so rennen, fragte der Vater, der mit Carla in der Stadt war und sich wunderte, dass er schon wieder zurückfiel.

Fünf Jahre lang, jeden Morgen pünktlich um halb acht, war Paul vor der Tür gestanden und hatte Carla zur Schule abgeholt. Paul war der grösste Junge in der Klasse gewesen. Carla war so lange hinter ihm hergeeilt, bis sie eines Tages mit ihm Schritt halten konnte.

Im Hof der Arbeitersiedlung hatten sie sich mit dem Liegestuhl und der Wolldecke ein Zelt gebaut. Pauls Schwester hatte die Wolldecke weggerissen. Habe ich es mir doch gedacht, hatte sie geschrien und war losgelaufen, zum älteren Bruder. Paul und Carla hatten sich zum ersten Mal geküsst, dabei hatten sich ihre Zungen berührt.

Paul küsst heute keine Frauen, und auch das ist seit langem kein Geheimnis mehr.

Einmal, im Schwimmbad, begegnet Carla Paul. Sie steigt gerade aus dem Schwimmbecken, da geht er an ihr vorbei. Paul erkennt Carla und nickt ihr zu. Carla sieht ihm nach, wie er mit einem Schritt über das Wasserbecken der Duschen springt und in der Menschenmenge verschwindet.

Im Imbiss bestellen sie sich drei Hotdogs. Adrians Geschäftspartner und der Praktikant unterhalten sich über den Referenten, der während seiner Rede abwechselnd nach links und nach rechts gesprochen hat, nur nie ins Knopfmikrofon.

Adrian beteiligt sich nicht am Gespräch. Ein paar Tische weiter sitzt seine Nachbarin.

Lachend legt sie ihre Hände auf die Schenkel ihres Begleiters, der zu ihr spricht. Daraufhin zieht sie ihren Begleiter an sich und drückt ihm unablässig Küsse auf Mund, Wangen und Hals. In ihren Augen funkelt Übermut.

Adrian und seine Nachbarin waren vor ein paar Tagen einkaufen.

Ohne das geringste Vorzeichen, mitten auf der Strasse, schrie sie ihn an, du elender Autist. Adrian bekam eine Wut und lief ihr davon. Vor dem Hauseingang holte sie ihn wieder ein. Ihre Liebe sei aufrichtig, aber er sei ein Schuft, schleuderte sie ihm an den Kopf, während sie die Treppe hochstiegen. Was du willst, sagte er, ist einen Menschen besitzen. Unter Liebe verstehe ich etwas anderes. Damit war das Thema für ihn beendet. Nicht aber für sie.

Noch bevor sie Adrians Wohnungstür erreichten, regnete es Karotten, Kartoffeln, Pouletschenkel, Tomaten, Zwiebeln und Geldstücke im Treppenhaus. Sie rannte die Stufen hinunter und schmetterte die Haustür zu.

Jetzt legt Patricia ihren Arm um die Schulter ihres Begleiters und flüstert ihm etwas ins Ohr. Ihr Begleiter vergräbt das Gesicht in den Händen und schüttelt sich vor Lachen. Daraufhin zieht er Patricia an sich und flüstert ihr ebenfalls etwas ins Ohr. Sie haut mit der Hand nach seinem Oberarm, ohne diesen zu treffen. Über ihre Wangen rollen erste Tränen. Sie schreit auf. Ihr Oberkörper schlägt auf seinen Schoss. Auch ihr Begleiter stösst Schreie aus und japst nach Luft. Die Leute an den Tischen ringsum haben ihre Gespräche unterbrochen und sich nach ihnen umgedreht.

Natürlich könnte Adrian auf Patricias Fragen eine Antwort geben. Nur hat er keine Lust dazu.

Was soll das? Such dir ein anderes Objekt, dem du mit deinen Fragen auf den Nerv gehen kannst.

Patricia ist beleidigt. Nie zuvor hat sie einen Mann getroffen, der nichts von sich preisgibt. Noch immer kennt sie weder seine Eltern noch seine Schwester. Nur ein einziges Mal hat sie Carla gesehen, und das war mehr ein Zufall.

Adrian versteht nicht, was an seiner Familie interessant sein soll. Das Telefon klingelt. Adrian geht ins Schlafzimmer.

Während er spricht, ist die Tür geschlossen.

Was soll diese Geheimniskrämerei? fragt Patricia beleidigt, als Adrian aus dem Schlafzimmer kommt.

Linda, Patricia und Colette. Die drei Frauen wissen voneinander. Adrian macht keinen Hehl daraus.

Ich kann mich unmöglich für eine von euch entscheiden, sagt er zu Linda, die am Seeufer neben ihm auf der Luftmatratze liegt. Ich liebe euch alle drei, jede auf andere Art. Und wer weiss, vielleicht kommt eines Tages die Richtige.

Nach so vielen Frauen kann keine mehr die Richtige sein, sagt Linda, das hättest du dir früher überlegen müssen. Du wirst dein Leben lang auf der Suche nach etwas sein, das es für dich nicht mehr gibt.

Adrian hat es aufgegeben, sich mit Linda über seine Auffassung von Freundschaft zu unterhalten. Es ist Linda, die immer wieder damit anfängt und ihn traktiert.

Adrian hört ihr nicht zu. Was sie sagt, ist ausnahmslos immer das Gleiche. Er sieht nur, wie sie sich ereifert, weshalb er lachen muss.

Linda wird wütend. Sie setzt sich auf und wirft ihm das Buch, in dem sie eben noch geblättert hat, an den Kopf. Ihr ist es ernst.

Adrian reicht es. Er packt Linda am Arm und schüttelt sie.

Adrian, sein Geschäftspartner und die Sekretärin haben ihr Firmenfest organisiert, wie jedes Jahr. Linda tanzt nicht. Sie steht hinter der Bar und schenkt Getränke aus. Mit Techno kann sie nichts anfangen. Sie unterhält sich mit den Gästen, vorwiegend Geschäftsfreunde von Adrian.

Um Mitternacht wird die Musik aufgedreht. Der Praktikant hat sich hinter die Anlage gestellt. Linda kann die Leute nicht mehr verstehen. Sie beugt sich über die Bartheke und lässt sich die Bestellungen ins Ohr schreien.

Es hat keinen Sinn. Linda geht die Treppe hoch. Auf der Dachterrasse sitzen ein paar Gäste. Die Musik ist allen zu laut.

Sie machen sich lustig über sich selber und die neue Generation, die den gesamten Platz einnimmt. Der Boden vibriert, unter ihnen toben die Bässe.

Colette kommt mit Papiertaschentüchern, die sie verteilt. Es werden kleine Kugeln gedreht und in die Ohren gestopft.

Als Colette auf dem Dach erschienen ist, hat sich Linda von ihrem Stuhl erhoben und ist in den Raum zurückgekehrt.

Um den DJ hat sich ein Kreis von Interessierten gebildet, unter ihnen auch Adrian und sein Geschäftspartner. Hinter der Bar steht niemand mehr.

Linda hat sich zwischen die Tanzenden gedrängt. Die Bässe wirbeln durch ihren Körper. Bald nimmt sie sich nur noch wie durch einen Nebel wahr.

Adrian kommt mit den abgelaugten Kieferholztablars unter dem Arm die Kellertreppe hoch. Vom kleinen Vorplatz aus sieht er durch das Türfenster in den Garten. Er bleibt stehen und stellt die Kieferholztablars an die Wand. Adrian öffnet die Tür und macht einen Schritt über die Schwelle.

Der Regen hat aufgehört. Am Wäscheseil hängen Regentropfen. Sieben Wäscheseilbahnen, eine hinter der anderen, vollgehängt mit Regentropfen.

Dass sich Colette immer gleich betroffen fühlen muss, sowie ich etwas zu ihr sage. Dabei hat Colette eine Lebendigkeit, für die ich sie bewundere. Wie sie inmitten der Menschen stehen kann und mit allen gleichzeitig spricht. Ihre Fähigkeit, jeden einzelnen ihrer Zuhörer in eine anhaltende Erheiterung zu versetzen.

Dabei sind es ebenso Lindas Eigenheiten wie die von Patricia …

Adrian lehnt am Türrahmen und betrachtet die Regentropfen, die am Wäscheseil hängen. Sieben Wäscheseilbahnen entlang. Irgendwann wird er ihr begegnen, mit etwas Geduld, der Richtigen.

Die Abneigung gegenüber dem Klavierspielen hat sich bei Carla während des Musikstudiums noch verstärkt. Damit ist Carla nicht alleine. Für die meisten Nicht-Pianisten ist die Klavierprüfung der grosse Schreck.

Frederik holt seine Mitstudentin mit der Vespa zu Hause ab. Carla trägt einen engen Rock. Nicht gerade die passende Kleidung, sagt Frederik, als er sie in dieser Aufmachung vor der Tür warten sieht. Kein Problem, sagt Carla schnell. Sie krempelt den Rock hoch und setzt sich, mit nackten Beinen, hinten auf die Vespa.

Frederik fährt zur Stadt hinaus. Carla hält sich am Metallbügel zwischen den beiden Sitzen fest und spricht über die Prüfung. In einem Zug habe ich die zweistimmige Invention von Bach heruntergesaut, ich habe mich bei meinen Zuhörern bedankt und war auch schon wieder draussen im Flur. Als Nächste musste Géraldine in den Saal.

Bei dem Fahrtwind kann Frederik nichts verstehen. Ausserdem muss er sich auf die Strasse konzentrieren. Carla rückt näher an Frederik heran. Sie hält ihn um den Bauch fest und legt den Kopf auf seinen Lederrücken.

Hinten auf der Vespa ist Frederiks grüne Tasche mit Gummispannern festgemacht. Darin befinden sich, in eine Wolldecke eingewickelt, eine gute Flasche Champagner und zwei Gläser.

Was ist mit Frederik? Was passt dir an dem wieder nicht?

Was soll ich gegen Frederik haben? sagt Carla. Er ist sympathisch, zuvorkommend, und später wird er bestimmt einmal erfolgreich sein. Vermutlich würde ich perfekt in sein Konzept passen. Mehr ist da nicht.

Wenn du so weiter machst, sagt Adrian, bekommst du von mir doch noch einen weissen Pudel geschenkt. Später. Im Alter.

Nein ernsthaft, sagt Adrian. Ich an deiner Stelle würde mir das gut überlegen. Du und Frederik, das passt.

Du hast vielleicht eine Ahnung, sagt Carla.

Ich glaube, ich bin zu früh geboren worden für die Art von Zusammensein, wie ich es mir vorstelle.

Die Partnerschaften sind zu sehr ausgerichtet auf eine Einheit. Es ist nicht anders möglich, als dass der eine den anderen blockiert oder umgekehrt. Noch besser, man blockiert sich gegenseitig. Auf jeden Fall ist es ein permanentes Steckenbleiben. Früher oder später.

Wie willst du das wissen, wenn du dich nie auf etwas einlässt?

Was weisst du schon, sagt Carla.

Im Gartenrestaurant an der Ecke sieht Carla eine Frau, die sie von früher kennt. Sie arbeitete im Lebensmittelgeschäft, in dem Carla als Kind oft einkaufte. Die Frau war damals schon alt. In ihrem Gesicht leuchteten die Farben, hellblauer Lidschatten und oranger Lippenstift. Unter der grünen Schürze kam die Kleidung zum Vorschein, meist trug sie Blusen mit Rüschen.

Wenn die Frau die Preise der Lebensmittel eintippte, beobachtete Carla die langen, rot lackierten Fingernägel, wie sie behend über die Tasten flogen, und die vielen dünnen Goldketten am Handgelenk, die auf und ab rollten. Zwischendurch warf Carla einen Blick auf das Décolleté der Frau, das aufglitzerte.

Die Frau ist jetzt noch älter, und die Augen sind unter dem Gewicht der blauen Runzeln klein geworden. Die Haut hängt faltig in ihrem Gesicht. Sie lehnt im Stuhl und unterhält sich mit einem älteren Mann. Von ihren Ohren baumeln grosse herzförmige Ohrringe. Unter dem Tisch hat sich ein weisser Pudel zusammengerollt.

Von Glenn Gould ist Carla schwer beeindruckt. So sollte man spielen können. Genau so. Kein zweiter Musiker erreicht die Präzision und Klarheit von Gould. Er ist der allergrösste, sagt Carla.

Wie kannst du eine einzige Interpretation von vielen verschiedenen Möglichkeiten als die eine vollkommene ansehen, sagt Frederik. Es gibt einen Glenn Gould, er ist nicht zu übersehen. Aber es gibt noch andere wichtige Pianisten, zum Beispiel eine Clara Haskil, einen Karl Engel, um nur ein paar wenige Namen zu nennen. Es ist Arbeit genug, vermutlich brauchst du ein ganzes Leben, um Carla Stadler zu werden, Carla Stadler zu sein.

Carla hat Frederik aus lauter Freundlichkeit ausreden lassen. Was du mir erzählst, weiss ich, seit ich denken kann.

Das habe ich geahnt, sagt Frederik, dann sprich nicht immer mit dieser Haltung von dem absolut einzig Richtigen, dem absolut einzig Erstrebenswerten.

Wenn wir uns mit einer Sache, einem Ideal, auseinandersetzen, dann denken wir doch zwangsläufig so, sagt Carla.

Der Lehrer hatte Adrian nach der Stunde zurückbehalten. Adrians Argumente waren ignoriert worden. Und auch wenn du einen langen Schulweg hast, kannst du dir deine Ausreden in Zukunft sparen, hatte der Lehrer gesagt. Wiederholt war Adrian in den vergangenen Wochen zu spät gekommen.

Die Schule beginnt um zwanzig vor acht. Pünktlich. Auch für Adrian Stadler, ob er das verstanden hat? Falls Adrian das nicht respektieren wolle, könne er gerne an seinem freien Nachmittag in den Arrest.

Adrians Schulweg dauerte fast eine Stunde und führte auf die andere Seite der Stadt. Kam eine Tram zwei, drei Minuten zu spät, verpasste Adrian den Anschluss und somit den nächsten, und Adrian kam zu spät, viel zu spät. Nicht immer also war es seine Schuld.

Ausgerechnet an jenem Morgen brach das gesamte Tramnetz zusammen. Das Thermometer zeigte minus fünfzehn Grad. Adrian wartete über zwanzig Minuten auf den Ersatzbus. Pausenlos überlegte er die ganze Fahrt, was er dem Lehrer nur sagen sollte, der nichts mehr von ihm hören wollte. Er hatte ihn gewarnt. Adrian sprang aus dem Bus. Die Tramkarte und der Schlüssel fitzten auf die Windjacke. Adrian lief, so schnell er konnte, quer über das Feld.

Wer ist der Kräftigste in der Klasse? hatte die Musiklehrerin gefragt. Drei Schüler waren gleichzeitig aufgesprungen und hatten geholfen, das Klavier zur Seite zu rollen.

Die Musiklehrerin nahm den Kontrabass vom Boden auf und stellte sich vor der Klasse hin. In zwei langen Reihen sassen die Schüler vor ihr. Nehmt das Blatt, das ich euch vorhin ausgeteilt habe, sagte sie, und singt nun alle mit. Alle, betonte sie.

Die Musiklehrerin spielte auf dem Kontrabass, und die Schüler sangen. Carla beobachtete diesen länglichen Stab, wie er langsam über die Saiten strich.

Die ersten paar Takte war der Kontrabass sehr leise, so dass Carla, wegen der grellen Stimmen der Schüler, was Carla ärgerte, genau hinhören musste, aber dann wurde der Kontrabass kräftiger, wütete regelrecht auf. Die Töne jagten wild hintereinander her, und im Raum wurde es sehr laut. Als hätte die Geige mehrere Geigen in sich, dachte Carla. Abrupt endete das Lied, und die Musiklehrerin rief Carlas Namen.

Carla fuhr zusammen.

Hast du endlich ausgeträumt?

Es war Frau Enderlin gewesen, die sich für Carla eingesetzt hatte. Mehrmals. Frau Enderlin hatte nicht aufgegeben, bis ihr der Vater endlich zugehört hatte. Carla ist sehr musikalisch, deswegen stellt sie sich quer. So ein Blödsinn, hatte Frau Enderlin zum Vater gesagt. Also wirklich! Bei jedem Instrument kann sich ein Kind in Konzentration und Disziplin üben. Aber Freude bereiten muss ihm das Instrument wohl auch. Vor allem das!

Zwei Jahre lang war Carla stur geblieben. Nicht einmal angesehen hatte sie das Möbel, das in dem kleinen Zimmer hinter dem Wohnzimmer stand. Kaum hatte sich Adrian ans Klavier gesetzt, hatte Carla Grimassen gezogen und die Türen hinter sich zugeknallt. Aus Protest.

An einem Morgen, als Carla erwachte, war die Tür einen Spalt weit offen gestanden, und in ihr Zimmer fiel ein Streifen Licht. Carla setzte sich auf und sah sich um. Es dauerte eine Weile, bis sie den länglichen Kasten entdeckte, der neben ihrem Bett am Boden lag.

Carla kniete sogleich neben ihm. Vorsichtig öffnete sie seinen Deckel. Carla schloss die Augen und schlug sie sofort wieder auf. Eine Viola. Carla sprang hoch und lief auf den Korridor hinaus. Einen Moment lang zögerte sie, schliesslich eilte sie im Schlafanzug die Treppe hinunter, ausnahmsweise. Aber der Vater war schon weg.

Vor dem Haus im Oberengadin, in dem Adrian, Carla und der Vater Ferien machten, war eine Weide.

Carla hatte den Plastikgriff des stromgeladenen Drahtzauns vom Haken genommen und gleich wieder hinter sich eingehängt.

Zuvor hatte sie von einem Baum einen Ast abgebrochen.

Carla rannte die Weide hoch. Allez-hopp, rief sie und sprang auf die Kühe zu, wie sie es die Tage zuvor beim Bauern und seinem Sohn gesehen hatte. Die Kühe setzten sich gemächlich in Bewegung. Willst du wohl, sagte Carla der Kuh, die bockig stehengeblieben war. Carla schlug der Kuh mit dem Stecken auf den Hintern. Sie muhte. Dann trottete sie den anderen hinterher.

Nichtsahnend trat der Vater aus dem Haus. Was tust du dort, brüllte er, sowie er Carla zwischen den Kühen auf der Weide erblickte.

Sie treibt die Kühe zusammen, sagte Adrian.

Pünktlich kam der Bauer mit seinem Sohn den Weg hoch. Lassen sie nur, das ist schon recht, sagte der Bauer zum Vater. Der Bauer nahm den Griff vom Haken und hängte ihn an den Pfosten gegenüber. Carla tauchte hinter den Kühen auf, die sich vor dem Ausgang versammelt hatten.

Du kannst gerne jeden Abend die Kühe eintreiben. Das ist vielleicht ein Mädchen, sagte der Bauer.

Während sie miteinander gesprochen hatten, hatte sich eine Kuh davon gemacht. Der Bauer pfiff dem Hund. Geh die Vrene holen.

Haben die Kühe Namen? fragte Carla.

Sicher, sagte der Bauer, das hier, er klopfte der Kuh, die vor ihm stand, auf den Hintern, ist auch eine Vrene. Das sind alles meine Vrenen.

Der Vater und Carla waren mit dem Auto nach Hause gefahren. Adrian war noch etwas geblieben. Draussen stand sein neues Moped.

Die Grossmutter holte den Christstollen unter dem Weihnachtsbaum hervor. Sie stellte ihn neben die Weihnachtsplätzchen und packte ihn aus. Für Adrian war die Gelegenheit gekommen. Gestern, sagte er, habe ich den Vater auf die Mutter angesprochen. Im Wohnzimmer verstummten augenblicklich die Geräusche. Vielleicht kann mir einer von euch verraten, über was hier seit Jahren nicht gesprochen wird. Adrian blickte auffordernd von einem zum nächsten und wieder zurück. Aber keiner sah ihn an.

Die Grossmutter nahm das säuberlich zusammengelegte Papier vom Christstollen und ging damit in die Küche. Der Grossvater war wieder schwerhörig geworden. Tante Anette wurde unruhig. Sie hat euch sehr geliebt, sagte sie nach einer Weile und kratzte sich das Handgelenk.

Ja, schön wär's, sagte die Grossmutter, die mit einer Rolle Alufolie ins Wohnzimmer eingetreten war. Sprich nicht so einen Blödsinn, wenn einer seine Kinder über alles liebt, dann ist das André. Dass etwas aus euch geworden ist, dabei schaute sie Adrian an, das habt ihr einzig und alleine eurem Vater zu verdanken.

Aber wir wollen uns den netten Abend nicht verderben, sagte die Grossmutter.

Adrian legte das Stück Christstollen auf den Teller zurück und stand auf. Im Gang nahm er die Handschuhe und den Schal vom Garderobenbrett und zerrte die Jacke vom Kleiderbügel. Er verpasste der Haustür einen Tritt. Es gab einen dumpfen Schlag. Dann schepperte, knallte und klirrte es. Vermutlich der Weihnachtskranz mit den kleinen bunten Kugeln, den Silberketten und Porzellanengeln.

Das würde dir so passen, draussen herumlümmeln. Nichts ist, hatte die Grossmutter gesagt, die Hausaufgaben werden erledigt.

Erichs Moped fuhr beinahe sechzig Stundenkilometer. Auch sein Moped hätte an diesem Nachmittag diese Geschwindigkeit erreicht. Paul, Erichs Cousin, hatte die Düsen organisiert. Die Kolben hatten Adrian und Erich schon am Vortag geschliffen. Heute hatten sie die Haltebolzen aus dem Zylinder bohren wollen. Die Plombierung hätte er abziehen können, als würde sie in Butter liegen.

Wenn nur dieses schreckliche Weib nicht wäre. Dieses alte Weib, das jedes Jahr nur älter wurde und immer noch nicht alt genug war. Adrian wünschte ihr nicht gleich den Tod. Ein ordentlicher Hexenschuss würde es auch tun.

Adrian sass hinter den Französischbüchern in seinem Zimmer. Kaum hatte er ein Wort im Nachschlagebuch gefunden, war es auch schon wieder vergessen. Nichts konnte er sich merken. Die Geschichten von Maupassant langweilten ihn. Und der andere, dieser Molière, konnte ihm auch gestohlen bleiben.

Hinzu kam, dass er nicht die Absicht hatte, irgendwann einmal in seinem Leben nach Frankreich zu gehen. Nein, wirklich nicht. Frankreich interessierte ihn nicht im geringsten.

Adrian klappte die Bücher zu und suchte im Radio nach einem geeigneten Sender. Nur etwas Rock konnte seine Laune retten. Funk. Auch gut.

Aber nein! Es durfte nicht wahr sein!

Schon platzte dieses Weib ins Zimmer, zog den Stecker aus und nahm sein Radio wortlos mit.

Hätte Adrian geweint, dann aus purer Wut, aber er war schon vierzehn und ein Junge. Erst hatte sich Adrian noch überlegt, ob er es einfach laufen lassen sollte, aber er pfiff das Wasser aus den Augen zurück und schluckte es hinunter.

Adrian stiess wütend seine Skier in den Schnee. Er machte ein paar Schritte abwärts und sank bis zu den Knien ein.

Carlas Ski steckte fest, Adrian riss an dem hinteren Ende, das herauslugte. Ohne Erfolg. Er lehnte sich gegen den Berg und schaufelte mit der Hand den Schnee weg. Sein Handschuh füllte sich mit kleinen Eisstücken. Der andere Ski von Carla befand sich ein paar Meter weiter unter ihm. Neben ihm fuhren Skifahrer den Skilift hoch, riefen ihm zu, dass der zweite Ski da unten liege. Als hätte er das nicht selber sehen können. Und jeder drehte den Kopf nach ihm um.

Carla hatte sich die Kappe wieder aufgesetzt und den Schnee von Jacke und Hose geklopft.

Adrian und Carla standen vor der Skilifthütte und stritten sich. Du bist zu dämlich, ich gehe nicht mehr mit dir auf den Lift. Wie oft hatte Adrian Carla schon gesagt, sie solle sich vom Bügel ziehen lassen und sich nicht auf ihn setzen. Es wird mir zu dumm! Adrian machte einen Schritt vom Holzgeländer weg und rutschte in die Spur ein. Carla rutschte hinterher und bekam ihn am Stock zu fassen.

Ein Mann in roter Jacke griff ein. Lassen euch eure Eltern da alleine hoch? Verständnislos blickte er auf die beiden Kinder.

Der Skilehrer drehte sich zu seinen Schülern um. Sie sollen beim Abbügeln links wegfahren, sie treffen sich vor der schwarzen Piste. Er werde mit dem Mädchen da hinauffahren. Er zeigte auf Carla.

Mit der Zahnradbahn waren sie bis zum Rotenboden hochgefahren. Adrian, Carla und der Vater standen vor den gelben Wegweisern, die in verschiedene Richtungen zeigten. Hier geht's lang, sagte der Vater zu Carla und Adrian. Der Vater zeigte auf den schmalen Weg, der abwärts zum Gornergletscher führte.

Adrian ging dicht hinter Carla. Er schielte den Hang hinunter. Nur nicht stolpern, dachte er.

Adrian hob den Blick und erkannte sofort den Berg, den er schon oft auf Karten und Kalendern gesehen hatte. Nun stand er direkt vor ihm, daneben der Gletscher. Sein Herz klopfte vor Aufregung. Das Matterhorn.

Die Route über den Gornergletscher war genau abgesteckt. Der Vater holte das Fernglas aus der Ledertasche. Sie mussten nur nach den Stangen Ausschau halten, die aus dem Eis ragten.

Vor jeder Spalte blieb Carla stehen. Der Vater gab ihr die Hand, wenn sie über die schmale Öffnung sprang.

In der Mitte des Gletschers lag Geröll. Sie setzten sich und holten den Proviant aus den Rucksäcken. Adrian sah über den Gletscher. Kein Mensch war zu sehen. Nur er, der Vater, Carla, das Eis und die Berge.

Gegen vier Uhr am Nachmittag erreichten sie die Monte-Rosa-Hütte. Bergsteiger mit Steigeisen, Pickel und Seil lehnten an der Hüttenwand. Adrian und Carla sassen zwischen ihnen und wollten genau wissen, von wo sie gekommen und wie sie den Berg hinuntergestiegen waren, an dem man nur steilabfallende Wände erkennen konnte. Wenn Adrian und Carla gross sind, wollen sie wie diese Männer sein und auch auf Berge steigen.

Beinahe wäre Carla mitten auf der Strasse mit ihrer ehemaligen Mitstudentin zusammengestossen. Was streckt sie auch im Gehen ihre Nase in ein Hochglanzheft.

Nach Mexiko will Géraldine in den Ferien. Vier Wochen im Jahr muss sie weg. Das Leben geniessen. Zusammen mit einer Freundin. Ob Carla nicht mitkommen möchte? Das wäre eine Gelegenheit, die alte Freundschaft aufzufrischen.

Wie viele Jahre sind seither vergangen?

Carla amüsiert sich.

Nur für Ferien hat Carla kein Geld. Die Finanzen sind aber nicht das Hindernis. Carla hat keine Zeit. Und ausserdem hat sie keine Lust. Carla weiss nicht, was sie in Mexiko zu tun hätte.

Géraldine schwärmt von Mexiko. Denk nur: Aztekenpyramiden, versunkene Mayastädte, schwimmende Gärten, Wasserfälle, Kokosnüsse, türkisfarbenes Meer, Tequilas, Sonnenuntergänge. Was wir da alles erleben werden!

In den nächsten Monaten habe ich nicht ein Minimum freie Zeit, sagt Carla.

Mit dem Streichquartett haben sie einen Wettbewerb gewonnen. Vierzehn Konzerte stehen in den nächsten Wochen auf dem Programm. Sie studieren das neue Repertoire ein.

Carla könnte erzählen, stundenlang, wenn auch keine Geschichten.

Einer der Musiker ruft übers Mikrofon nach dem Sänger, der neben Carla steht und einen Whisky trinkt.

Es ist ein kleiner Raum. Auf den Holztischen und an den Wänden sind Buchstaben, Worte und Zeichen eingeritzt.

Mit hautengen Lederhosen springt der Sänger auf den Bretterboden und nimmt das Mikrofon. Er nickt dem Schlagzeuger zu, der sofort die Hölzer über die Trommeln fliegen lässt. Der Sänger hält in einer Hand das Mikrofon und die Mundharmonika. Er tanzt über die Fläche und wirft die Knie gegeneinander. Because I'm in love with your little poodle-dog, singt er, dabei lacht er ins Publikum zu Carla, die mit einem Bier in der Hand an der Theke lehnt.

Der Raum füllt sich immer stärker mit Rauch. Als die Zeiger an der Wand auf halb zwei stehen, ist es auch für Carla Zeit.

Li Zhe, José und Ingo haben das Lokal schon vor einer Stunde verlassen. Während das Lied zu Ende geht, zieht Carla ihre Jacke an und verabschiedet sich von dem Sänger mit einem tonlosen, aber sehr deutlichen Ciao. Sie drückt sich zwischen den Leuten durch.

Am nächsten Samstag spielt hier eine Hamburger Rockband, sagt der Sänger, der sich mit Carla durch die Tür drängt.

Morgen fahre ich weiter nach Ulm, erklärt ihm Carla, und am Samstag bin ich in München. Und was machst du dort? fragt der Sänger. Ich bin die Bratsche in einem Streichquartett, antwortet Carla. Du bist die Bratsche? Sozusagen. Sie setzen sich auf die Treppe und unterhalten sich weiter. So, jetzt muss ich aber wirklich gehen, sagt Carla. Sie springt auf und hält ein Taxi an.

In der Probenpause sind sie nebeneinander sitzengeblieben, José und Carla. In der Kirche ist es wieder ruhig. Vorne beim Podest stehen Ingo und Li Zhe und unterhalten sich mit dem Konzertveranstalter.

Das ist eine Tatsache, sagt José, der Carla gerade von seinen neuen Mitbewohnern vorgeschwärmt hat. Und es ist genauso eine Tatsache, dass es entspannend ist, mit Menschen zusammenzuleben, die nicht alles hinterfragen, die zur Abwechslung einmal unkompliziert sind.

Mit Abstrichen ja, fügt José hinzu, sie reflektieren nicht im gleichen Ausmass, wie wir Musiker.

Wir Musiker, spricht Carla nach. Ich kann mich nicht als Musikerin definieren, sagt sie.

José staunt. So etwas kommt ausgerechnet aus deinem Mund?

Carla will nicht verstehen, wie eine Person auf Grund eines Berufes oder eines Umstandes sagen kann, ich bin. Musik hast du studiert, sagt sie, damit setzt du dich auseinander. Das ist auch schon alles.

Womit identifizierst du dich denn? fragt José zurück.

José wirft die Noten auf den Tisch.

Von Theresa Noll, einer der reichsten Frauen im Land, sind sie angefragt worden. Beim letztjährigen Festival ist ihr das Quartett aufgefallen. Ich bin beeindruckt, hat sie gesagt, zu gegebener Zeit werden Sie von mir hören.

Theresa Noll ist Mäzenin. Immer wieder unterstützt sie die Kultur mit grosszügigen Schenkungen. Gewiss, sie wird für allerlei angefragt. Aber man muss sich auf etwas festlegen, hat sie in einem Interview erklärt.

Auf Schloss Habeck gibt sie einen Empfang mit einer musikalischen Darbietung.

Die Gage kann sich sehen lassen.

Josés anfängliche Begeisterung ist verschwunden. An diesem Stück kannst du dich zu Grunde üben, und das für einen einzigen Abend. Bei dem da, spottet er, würde selbst der Komponist einen falschen Ton nicht heraushören können, und das bei nur vier Instrumenten.

Li Zhe hat für die Partitur auch nicht viel übrig. Reinste Gedankenarbeit, sagt sie, unsinnlich, zum Abwinken.

Ingo hingegen betrachtet die Partitur als Herausforderung.

Ich hoffe, du hast dich gegenüber Frau Noll entsprechend verhalten, sagt Carla, Benedikt Auer ist, glaube ich, ihr Mann.

Durchaus, sagt José, ich habe aber durchsickern lassen, dass die Schwierigkeit mit nichts gerechtfertigt ist und dass die Noten in keinem nachvollziehbaren Zusammenhang stehen.

Und?

Lieber Herr Ramos, hat sie zu mir gesagt. Ein Philosoph, ich glaube, es war Leibniz, der hat mit tausend Personen korrespondiert. Dann stellen Sie sich das einmal vor.

Die Matratze, auf der Carla liegt, ist uneben und hart. Carla tastet nach den gewölbten Stellen. Sie fragt sich, ob die Matratze mit Steinen gefüllt ist.

Frederik hat mitten im Sommer eine Grippe bekommen. Er hat Carla angerufen und gefragt, ob sie an seiner Stelle ins Schullager mitgehen könne. Carla und Frederik waren zusammen im selben Semester. Es kann kein Musiker den Wunsch haben, als Musiklehrer zu enden. Oder vielleicht doch?

Carla dreht sich zur Seite. Die Jugendlichen schlafen. Sechs Stunden ist die Klasse an diesem Tag gewandert. Dann endlich haben sie die Alphütte, auf eintausendachthundert Metern, erreicht.

Carla dreht sich wieder zurück auf den Rücken und starrt zum Fenster hinaus. Der Himmel ist voll mit Sternen. Irgendwann wird es Tag werden, denkt Carla. Irgendwann.

Frau Enderlin, Lieve, Clarisse oder sonst eine Frau hat ihr als Kind einmal von den Schafen am Himmel erzählt. Das kommt ihr jetzt in den Sinn.

Als sich die erste Spur Helle unter die Sterne in die Nacht mischt, steht Carla auf. Sie geht hinunter zum Fluss und wäscht sich das Gesicht. Das Wasser ist sehr kalt. Carla schaut zur Bergspitze hoch, dort oben liegt noch Schnee.

Ausser der gedämpften Stimme vom Fluss ist kein Laut zu hören.

Der Sportlehrer kauert neben ihr. Carla hat ihn nicht kommen gehört. Kannst du auch nicht schlafen, flüstert er.

Er streckt seinen Arm aus. Carla rückt näher zu ihm hin und nimmt einen Zipfel der Wolldecke.

Anfang des nächsten Monats muss der gesamte Wohnblock leergeräumt sein. Nur noch drei Wohnungen sind besetzt. Die eine ist die von Carla. Noch ein paar Tage, dann wird das Wasser abgestellt werden.

Noch immer hat Carla keine neue Wohnung. Günstige Wohnungen sind rar. Und den Vater um Geld angehen, will Carla nicht.

Wer einmal von zu Hause ausgezogen ist, kehrt nicht mehr freiwillig zurück, sagt Carla.

Carla tut so, als würde es sie nicht gross kümmern, dass sie demnächst mit all ihren Sachen auf der Strasse steht. Aber man sieht es ihr an. Die übernächtigten Augen, das blasse Gesicht.

José hat ihr einen Platz in der Wohnung, die er mit zwei anderen Musikern teilt, angeboten. Bis sie etwas Passendes gefunden habe, könne sie bei ihnen wohnen. Aber Carla will das nicht.

Wenn ich einen Wunsch frei hätte?

Carla überlegt.

Ich hätte Lust auf Ferien, sagt sie.

Und wo würdest du am liebsten hinfahren? fragt José.

Nach Brasilien? Auf die Antillen? New York?

Carla schüttelt den Kopf. Nein, sagt sie. Ich hätte Lust auf Ferien in meiner Kindheit. Ein, zwei Wochen, und ich wäre erholt.

Adrians Sekretärin glaubt Carla kein einziges Wort.

Carla hatte für den Freund der Sekretärin eine Besprechung geschrieben. Vor ein paar Tagen hatten Carla und er sich im Wirtshaus getroffen. Der Journalist hatte den Artikel gelesen, sie hatten sich über das Gitarrenkonzert unterhalten, über zeitgenössische Musik, Kompromisse, die Gesellschaft, über die Liebe und hatten dabei nicht bemerkt, wie die Wirtschaft nach und nach leerer geworden war. Die Serviertochter hatte die beiden Übriggebliebenen so lange in Ruhe weiterreden lassen, bis das letzte Geschirr von den Tischen weggeräumt war. Ein beeindruckender Mann, denkt Carla, wie man einen Menschen nach Jahren erst, an einem einzigen Abend, kennenlernt.

Am liebsten würde Carla aufstehen und nach Hause gehen, aber sie bleibt sitzen und lässt die Anschuldigungen weiter zu.

Sicher, erklärt Carla, ich würde es dir sagen, wenn etwas ist. Ich schwindle nicht. Nicht bei einer Kleinigkeit wie dieser.

Zu Hause legt sich Carla aufs Bett und schläft sofort ein, nicht einmal die Hose hat sie ausgezogen.

Am nächsten Morgen hat Carla einen glasigen Blick, die Haut um ihre Augen ist trocken und brennt, als hätte sie die ganze Nacht geweint. Aber Carla weint nicht, nicht wegen einer Lappalie.

Erst gegen Mittag wird Adrians Geschäftspartner zurück sein. Die Sekretärin wartet auf den geeigneten Moment und lässt einen nach dem anderen ungenutzt vorbeigehen. Kurz nach zwölf hört sie im Hinterhof den Motor des Geschäftsautos. Die Sekretärin überwindet sich. Sie geht zu Adrian hin und stupst ihn mit dem Finger.

Adrian? fragt sie. Er ist gerade mit dem Kontrollieren der Bassanteile beschäftigt. Nicht jetzt, sagt er und wirft ihr einen flüchtigen Blick zu. Die Sekretärin bleibt neben ihm stehen. Adrian nimmt den Kopfhörer ab und legt ihn zur Seite.

Vor ein paar Tagen hat sich ihr Freund mit Carla getroffen. Aus irgendeinem fadenscheinigen Anlass, einen Artikel soll sie ihm abgenommen haben, als ob er unter Zeitdruck stünde.

Erst gegen zwei Uhr in der Früh ist ihr Freund nach Hause gekommen. Ich habe gehört, wie er im Badezimmer unter der Dusche gesungen hat, sagt sie. Er hat sich ins Bett geschlichen und mir den Rücken zugekehrt. Seither ist nichts mehr, wie es einmal war. Gehen die beiden einer Liebe nach?

Adrian ist erstaunt. Meinst du? fragt er. Dann winkt er ab. Selbst wenn es so wäre. Carla funktioniert erschreckend gut. Nein, bestimmt nicht!

Ein Arbeitstag genau wie jeder andere, und im Moment habe ich mehr als genug zu tun, zehn Hände würden mir nicht reichen.

Warum kannst du dich nicht wie ein normaler Mensch benehmen? hat Carla gefragt. Ich möchte einmal wissen, was so einer wie du vom Leben hat.

Niemand ignoriert einen Geburtstag. Ist es tatsächlich zuviel verlangt, wenn du dir diesen Abend freihältst?

Carla hat den Vater in den feierlichen Saal der Burg Felten, eine halbe Stunde Autofahrt entfernt von der Stadt, einladen wollen.

Für Feste hat der Vater nichts übrig. Wenn ich mir etwas wünschen darf, hat er gesagt, dann verschont mich mit einem Traritrara und macht mir nicht den Abend streitig.

Wie jedes Jahr beugt sich die Grossmutter in der Küche über den gespickten Rindsbraten.

Um halb acht kommt der Vater endlich nach Hause. Er bleibt unter dem Türrahmen stehen und schaut ins Wohnzimmer. Die Grossmutter, der Grossvater, Anette, Adrian und Carla sitzen um den Tisch. Zwischen den dampfenden Schüsseln und Platten steht ein roter Rosenstrauss.

Vielleicht freut sich der Vater, auch wenn er sich nichts anmerken lässt.

Die Kultur-Veranstaltung findet im grossen Saal des Museums statt. Stuckatur, Portraitbilder in schweren Goldrahmen, gepolsterte Sessel. In einem der Sessel sitzt Adrian. Vorne auf dem Podium werden die letzten Notenständer eingesammelt und weggebracht.

Der Saal füllt sich wieder. Als nächstes hat eine Pianistin am Klavier Platz genommen.

Die Frau spielt Schubert. Adrian sieht ihr dabei zu. Ihre Finger sind gelenkig und gehen mit grosser Präzision über die Tasten. Auf dem Klavier sind keine Noten. Adrian lehnt sich zurück. Dass die immer diesen alten Firlefanz spielen müssen, als ob es keine zeitgenössischen Komponisten gäbe, denkt er.

Nach der Schubert-Sonate wendet sich eine Zuhörerin an Adrian. Ich habe Sie während des Konzerts beobachtet, Sie spielen auch Klavier, nicht? Adrian sagt zuerst nein, dann ja.

Sind Sie Musiker? fragt die Frau. Adrian lacht, das nun auch wieder nicht.

Im Museumshof holt Adrian zwei Büchsen Bier. Er schlendert zwischen den Besuchern zurück in den Saal. Beim Eintreten wirft er eine Büchse seinem Geschäftspartner zu.

Warum sollte Carla immer über den Mittag alleine auf dem Schulgelände bleiben? Carla hatte es nichts ausgemacht. Sie hatte den mitgebrachten Lunch gegessen und dabei gleich einen Teil der Hausaufgaben erledigt.

Na gut. Aber nur, weil Viola beinahe darum gebettelt hat.

Von Anfang an war es für Carla bei Violas Eltern nur schrecklich. Das Gesicht der Mutter war ununterbrochen starr, und der Vater wusste auch nicht, wie ein freundliches Gesicht aussieht. Am Tisch wurde so gut wie nichts gesprochen. Nicht einmal Fragen über die Schule wurden gestellt. Carla wusste nicht, wohin mit ihrem Blick. Meist hing er irgendwo an einem beliebigen Gegenstand.

Um die Teller liegt jede Menge Besteck, schnödete sie bei Adrian. Dabei war es nur eine Gabel mehr als gewohnt, eine kleinere für den Salat.

Nach dem Essen legte sich Violas Vater auf das Sofa. Carla und Viola setzten sich in die Hollywoodschaukel. Die Siamkatze kroch wieder unter den Tisch, und Violas Mutter zählte in der Küche den Inhalt von Carlas Couvert.

Neun Zimmer. Nein, neuneinhalb Zimmer. Es ist das grösste Haus in der Marinostrasse, informierte Viola. Ja, sagte Carla, das weiss ich, dein Vater ist ein hohes Tier. Ein Diplomatenschwein, präzisierte Viola. Sie öffnete den Spiegelschrank im Badezimmer der Mutter. Hier, alles rote Lippenstifte, welchen willst du? den Lancôme, Rubinstein, Chanel, Arden, den Marbert? Viola nahm einen nach dem anderen in die Hand und drehte die Spitze heraus. Was interessierte das Carla, einen roten Lippenstift wollte sie, einen knallroten.

An deiner Gleichgültigkeit erkennt man, dass du keine Mutter hast. Zum Beispiel. Sofort entschuldigte sich Viola bei Carla, die ihrer Freundin nicht zu nahe treten wollte. Macht doch nichts, sagte Carla, vielleicht hast du recht.

Carla trug das rote Paillettenabendkleid von Violas Mutter, auch die spitzen silbrigen Schuhe mit den dünnen Absätzen passten ihr, nicht wie bei Viola, die sich die Schuhspitzen mit Papiertaschentüchern füllen musste. Am Glitzer hatte Carla die grösste Freude, schau nur, jetzt bin ich ein Stern. Viola zeigte ihrer Freundin den Vogel.

Carla und Viola sahen aus, als wollten sie in die Oper. Ja, sie gingen in die Oper. Im Wohnzimmer warteten sie nur noch auf den Chauffeur, der den Wagen aus der Garage holte. Sie sassen auf dem schwarzen Ledersofa und tranken aus schlanken Gläsern mit langen Stielen.

Im unteren Stock ging die Tür. Ah, endlich, sagte Viola, das hat gedauert. Wo warst du nur so lange, fragte sie den perfekt gekleideten Mann, der ins Wohnzimmer eingetreten war. Na, ihr Süssen, sagte er und machte sich am Sekretär zu schaffen. Wenn du uns noch einmal so lange warten lässt, wirst du gefeuert, drohte ihm Viola, und überhaupt, wo hast du wieder deine Mütze? Ja, meine Süsse, sagte er und war verschwunden.

Das Wochenende verbrachten sie im Tessin. Sie wohnten in dem Ferienhaus der Grosseltern, das oberhalb des Dorfes lag.

Die Grosseltern hatten sich wie jeden Mittag auf ihr Zimmer zurückgezogen.

Carla sass in der Polsterecke. Sie hatte den Walkman auf und las in einer der Illustrierten, die haufenweise in dem Ferienhaus herumlagen.

Adrian schlich, von Carla unbemerkt, zum Tisch, wo er sich eine Zigarre aus der Schachtel des Grossvaters einsteckte.

Hinter dem Haus ging ein schmaler Kiesweg hoch, von dort konnte Adrian über die Wiese auf den Gemspfad gelangen, der im Zickzack den Hügel hinaufführte.

Knapp unterhalb der Kuppe wurde es ihm warm. Er zog das Hemd und die Turnschuhe aus und legte sich in das zum Teil noch bräunliche Gras des Südhangs. Er steckte sich die Zigarre an. Sogleich blies er den Rauch in die Sonne. Adrian genoss die Stille, die kalte Luft und die Wärme.

Die Sonne brannte ihm auf den Kopf, und er bekam einen Durst. Er schnippte den Zigarrenstummel gegen den Himmel und stieg das letzte Stück Weg hoch.

Adrian befand sich auf der Hügelkuppe. Auf der anderen Seite, etwas weiter unten, konnte er ein Restaurant erkennen. Dort hätte er etwas zu trinken bekommen, hätte er bessere Schuhe angehabt. Zwischen dem Restaurant und ihm lag das letzte Schneefeld weit und breit. Kinder in Jacken und Zipfelmützen zogen die Schlitten den Hang hinauf, machten eine lange Kette und rodelten schreiend hinunter.

Aus ihrem kleinen Lederportemonnaie suchte die Frau die Münzen heraus. Während sie dem Verkäufer das Geld in die Hand zählte und das Mineralwasser entgegennahm, wechselte sie einige Worte mit ihm, die Adrian nicht verstehen konnte. Nach den Gesichtern zu schliessen, tauschten sie ein paar Freundlichkeiten aus, wie es gelegentlich zwischen Menschen vorkommt. Die Frau setzte sich wieder auf die Bank, etwas von Adrian entfernt.

Die meisten Kinobesucher waren an ihre Plätze zurückgekehrt, auch Carla. Im Vorraum befanden sich nur noch Adrian und diese Frau. Sie trank ihr Mineralwasser, und Adrian beobachtete sie. Wie alt sie sein mochte? Vierzig, vielleicht. Um ihre braunen Augen konnte man die ersten Falten entdecken, sie wirkte aber sehr jung.

Was siehst du mich so an? fragte der Blick der Frau. Hätte Adrian sie fragen sollen, ob sie ihr dunkelbraunes, fast schwarzes Haar früher länger getragen hat? Ob sie die Schönaustrasse und ob sie André Stadler kennt? Ob ihr die Namen Adrian und Carla etwas sagen? So ein Blödsinn, was würde sie auch von ihm denken. Sie war es bestimmt nicht. Und sässen sie einmal nebeneinander, sie könnten es nicht wissen.

Du hast dich verändert Adrian, und wie. Alle sagten das.

Carla schloss die Tür auf und liess Viola eintreten. Die beiden Mädchen gingen geradewegs in die Küche. Sie hatten einen unbändigen Durst. Fast dreissig Grad zeigte das Thermometer an diesem Nachmittag.

Carla öffnete den Kühlschrank. Schlechte Hausfrau, sagte sie und meinte damit sich selber. Kein Lieblingsorangina, kein Lieblingscitro, kein Lieblingscola, nur Mineralwasser. Carla holte zwei Flaschen heraus und gab die eine an Viola weiter. Sie schraubten die Deckel ab, setzten die Flaschen an und tranken sie in einem Zug zur Hälfte leer. Danach gab es eine Führung durch das Haus.

Auch in Vaters Büro, in dem fremde Nasen nichts zu suchen hatten, tauchten ihre Köpfe auf. Danach öffnete Carla vorsichtig die Tür zu Adrians Zimmer und liess sie aufspringen. Am Boden lag eine grosse Matratze, die Decke und das Kopfkissen darauf waren zerknautscht, daneben befand sich die Stereoanlage, und an der Wand waren ein paar Kisten mit Schallplatten. Über die gesamte Zimmerbreite, direkt vor dem Fenster, etwa einen Meter tief, stand eine Pflanze neben der anderen. Wie kann Adrian das Fenster öffnen? fragte Viola und staunte.

Hm, sagte Carla, keine Ahnung.

Carla und Viola stiegen aus dem Schwimmbecken. Fünfundzwanzig Längen hatten sie hinter sich. Keines der beiden Mädchen hatte aufgeben wollen. Sie waren immer weiter und weiter geschwommen.

Sie standen unter den Duschen und seiften ihre Körper mit dem Rosen-Duschgel aus New York ein, das Carla von ihrer Tante Anette geschenkt bekommen hatte.

Wenn ich zu Hause bin, bestelle ich als erstes bei meiner Mutter ein Riesenthonbrötchen mit Zwiebeln, rief Viola Carla zu, während sie den Schaum von ihrem Körper spülte. Und deine Mutter macht dir das? schrie Carla zurück und wusch ihr Badekleid aus.

Was denkst denn du? sagte Viola.

Zu Hause packte Carla Badekleid, Schwimmbrille, Nasenklemmer, Bademütze, Badetuch, Duschgel und Haarbürste aus dem Umhängesack. Sie räumte alles an seinen Platz und hängte das nasse Badekleid und feuchte Badetuch über die Badewanne. Sie ging in die Küche.

So, sagte sie zu Adrian, der am Küchentisch sass und in einem Comic-Heft las, und jetzt hätte ich gerne von dir ein Riesenthonbrötchen, eines mit viel Mayonnaise, und ein Zwiebelbrötchen mit hauchdünn geschnittenen Zwiebelringen.

Adrian rührte sich nicht. So, wird's bald, dalli, dalli, sagte Carla und klatschte in die Hände.

Adrian blickte von seinem Comic-Heft auf. Hat es dir beim Schwimmen den Kopf mit Wasser gefüllt? Und nun verschwinde.

Ich hab es ja schon immer gewusst, sagte Carla verärgert, du bist ein Idiot, ein Spielverderber und ein fauler Sack.

Deine Freundin möchte ich nicht sein. Nein danke!

Was geht dich das an. Carla nannte ihren Bruder eine miese Ratte, die sich nicht in fremde Angelegenheiten einzumischen hat. Halt die Klappe!

Zum Geburtstag hatte Viola von ihrer älteren Schwester, einer Zahnärztin, ein schwarzes rückenfreies Hosenkleid geschenkt bekommen. Beste Qualität, fass ruhig an, hatte Viola Carla aufgefordert und ihr das wertvolle Geschenk hingehalten.

Das Hosenkleid war wie für sie massgeschneidert. Carla hatte sich vor dem Spiegel gedreht und sich in dem Kleid bewundert. Ob sie sich das gleich für diesen Abend ausleihen kann?

Carla hatte versprochen, mit zwei ausgestreckten Fingern auf alles, was ihr lieb war, geschworen, dass sie das Kleid sofort nach dem Fest in Violas Briefkasten legen werde. Unbedingt! Denn am nächsten Morgen flog Viola für eine Woche nach Florenz, selbstverständlich musste dann das neue Hosenkleid in ihrem Koffer sein.

Carla kam aber erst gegen Mittag nach Hause. Ausser Adrian hatte das niemand bemerkt. Ich will ja nicht wissen, wo du dich die Nacht über herumgetrieben hast, aber deine Versprechen könntest du einhalten, du Biest. Viola ist komplett durchgedreht, erst hat sie in den Telefonhörer getobt und dann nur noch geweint.

Die soll sich nicht so anstellen, so ein hysterisches Weib. Carla liess Adrian in der Diele stehen und sprang die Treppe hinauf, wobei sie immer drei Stufen auf einmal nahm. Die exklusive Baumwolle schlenkerte angenehm um ihre Beine.

Ein einziges Mal noch war Carla, als sie von einem Ausflug nach Hause ging, an der Marinostrasse vorbeigefahren.

Die grossen Tontöpfe mit den Oleanderbüschen links und rechts der Treppe waren verschwunden. Auf dem Baumstumpf des ehemaligen Zwetschgenbaums im Garten posierte ein Zwerg, und an der Hauswand lehnte ein Plastikbassin. Carla hatte zum ersten Stock hochgeblickt, vor den Fenstern standen Blumenkisten mit hängenden Geranien, auch vor dem Fenster, hinter dem einmal die bunten Glaskugeln gehangen hatten.

Die Briefe, die in regelmässigen Abständen in Carlas Zimmer lagen, enthielten kein Wort über den neuen Ort, als wäre Viola in dem fremden Land nie angekommen. Ausnahmslos handelten sie von dem, was Carla kannte und für Viola wie für Carla der Vergangenheit angehörte.

Ein, zwei Karten hatte Carla noch geschrieben.

Carla hielt den Brief in der Hand, dessen Inhalt sie erahnte.

Was hätte sie Viola antworten können. Warum soll man eine Freundschaft künstlich am Leben erhalten. Wie man sich auch verhält, früher oder später trennen sich die Wege. Gründe gibt es genug.

Nach der Messeeröffnung sind sie mit der Geschäftsleitung, den Kunden und Freunden lange im Restaurant sitzengeblieben. Ich weiss einen guten Weg zurück, sagt Adrian. Adrians Geschäftspartner runzelt die Stirn, da er die Vorlieben seines Freundes kennt. Direkt am Flussufer entlang, verrät Adrian auch schon. Die Freelancerin und ihre Freundin sind begeistert. Und das im Dunkeln, brummt der Geschäftspartner und schliesst sein Fahrrad auf.

Hast du keine Jacke mit? fragt die Freelancerin ihre Freundin.

Carmela trägt eine dünne Bluse und Sandaletten, nicht einmal Socken hat sie an, und das im April. Am Nachmittag schien die Sonne, erinnert sie sich. Carmela setzt die Baseballmütze auf. Während sie die steile Kieselsteinstrasse hinunterfährt, schwingt ihre Handtasche an der Lenkstange hin und her.

Der Weg entlang des Flusses ist sehr schmal und voller Hindernisse. Das hat Adrian nicht gewusst. Die meiste Zeit gehen sie zu Fuss und stossen die Fahrräder neben sich her. Es würde mich nicht wundern, wenn es schon nach Mitternacht ist, schimpft die Freelancerin. Carmela stemmt ihr Fahrrad über einen Baustamm, der den Weg versperrt. Dann klettert sie darüber.

Zur allgemeinen Information, sagt sie, ich habe eine neue Hose an, hundertvierzig Franken hat die gekostet. Ich will auf eine ordentliche Strasse. Sofort! scherzt Carmela.

Adrian ist über eine Wurzel gestolpert. Eins kann ich euch verraten, lacht Carmela, wenn einer von euch abrutscht, ich ziehe keinen heraus, im Ernst. Sie zeigt auf die Fläche unter ihnen, die in der Finsternis zwischen den Büschen immer wieder aufglänzt. Adrian lacht ebenfalls, während er sein Fahrrad den schmalen Weg hinaufträgt. Nur keine Sorge, sagt er.

Die Frau gefällt ihm.

Vom nächsten August an werden sie zu dritt sein. Die ersten paar Tage hat Carmela das Geheimnis für sich behalten. Die meiste Zeit ist sie reglos auf dem Diwan gelegen und hat nachgedacht. Immer im Kreis. Carmela hat einen günstigen Moment abgewartet.

Adrian weiss nicht, ob ihm das Blut in den Kopf schiesst oder ob sich das Blut aus seinem Kopf leert. Sicher ist, dass etwas mit seinem Kreislauf geschieht. Als erstes wird ihm schwindlig. Als zweites setzt sein Denken aus. Er lallt etwas Unverständliches, macht einen Schritt rückwärts und setzt sich aufs Bett.

Carmela hat ihre Bedenken, sie weiss, dass ein Kind eine grosse Belastung ist. Speziell in ihrem und in Adrians Leben.

Wenn am Ende nur nicht alles an ihr hängt. Von Adrian kann sie nicht allzu viel erwarten. In Ausnahmesituationen ist mit ihm nicht zu rechnen. Weit hinter all den Bedenken und Zweifeln macht sich aber bei Carmela schon eine Spur Freude auf das Kind bemerkbar.

Adrian sagt noch immer nichts. Er starrt Carmela nur immerzu an. Mit Augen, als stünde eine Ausserirdische vor ihm.

Carla ist umgezogen. Sie hat sich bei einer Frau eingemietet. Im Treppenhaus blättert durch die Feuchtigkeit die Farbe von den Wänden. Aus den Briefkastenschlitzen hängen Zeitungen und Prospekte. Der Rest liegt am Boden verstreut. Geputzt wird nicht.

Carla hat aus dem Keller Holz und Kohle heraufgeschleppt. Sie hat die Öfen eingeheizt und beim Verlassen der beiden Zimmer ausnahmsweise die Türen nicht hinter sich zugezogen. In der Küche hat sie das Gas brennen lassen. So hat sie die Temperatur von acht auf neunzehn Grad hochgebracht. Kurz bevor ihr Besuch pünktlich erschienen ist, hat sie den heissen Tee auf den Tisch gestellt.

Wie kannst du so leben? Der Vater ist schockiert gewesen. Nur gerade an jenem Nachmittag hat der Vater Carla an ihrem neuen Wohnort besucht.

Willst du auf ewig in einer Absteige hausen? fängt der Vater schon wieder an, als er mit Carla in der Nähe der Messe zu Mittag isst. Von einem ehemaligen Studienkollegen des Vaters, der an einer Schule Rektor ist, hat Carla eine Stelle als Musiklehrerin angeboten bekommen.

Der Vater schaut Carla vorwurfsvoll an und erhält einen gleichgültigen Blick.

Du wirst noch auf den Knien dahergerutscht kommen und um eine feste Stelle betteln, ärgert sich der Vater.

Carla schweigt. Käme es ihr in den Sinn sich zu rechtfertigen? Oder bespricht sie ihre Zukunft mit anderen Menschen? Nein. Carla hat eigene Vorstellungen. Sie hat Pläne. Visionen.

Carla hatte sich bequem neben dem Schiffsmotor eingerichtet. Von bequem konnte aber nicht die Rede sein. Sie band sich das Tuch fester um den Kopf. Andauernd pfiff ihr der Wind von einer anderen Seite ins Gesicht. Der Himmel war mitten am Nachmittag dunkel geworden. Im Hafen blinkte die Sturmwarnung. Ausser ihnen befand sich niemand mehr auf dem See.

Segel setzen, rief der Vater. Mit aller Kraft zog Adrian das Grosssegel hoch. Der Vater drückte Carla die Pinne in die Hand und ging Adrian zu Hilfe. Das Segel füllte sich mit Wind. Die Yacht peitschte übers Wasser, ein paar Meter, bis das Segel von Neuem zusammenfiel. Das Schiff neigte sich zur Seite, und Seewasser spritzte Carla ins Gesicht. Wenn ihr euch weiterhin so dumm anstellt, kentern wir noch.

Adrian, das Sturmfock, schnell, rief der Vater, während er das Vorsegel barg, der Baum schlug aus, stiess ihn beinahe um. Mist!

Der Vater hatte eine 25-Fuss-Segelyacht gekauft. Im Schnellverfahren hatten sie die Segelprüfung gemacht. Adrian und der Vater. Im nächsten Jahr wollten sie aufs Mittelmeer.

Vom Segeln verstanden die beiden nichts, seit bald einer halben Stunde peilten sie den Hafen an. Habt ihr eine Vorstellung, was euch auf der offenen See entgegenbläst? Da ist der Murtensee eine Pfütze dagegen, rief Carla den beiden, vom Segeltuch halb Verdeckten, zu.

Ein idealer Moment. Carla warf den Motor an. Spinnt's der, schrie Adrian. Er stand augenblicklich neben Carla und drückte sie zur Seite. Denkst du, wir fahren mit laufendem Motor im Hafen ein?

Carla wurde es zu lästig. Sie verschwand in der Kajüte. Dort war der Seegang noch schlimmer. Sie tauchte wieder an Deck auf und nahm in dem nun nassen Cockpit Platz. Carla hatte die Hände auf die Reling gelegt. Wenn sie nur endlich Boden unter den Füssen hätte, dachte sie, niemals geht sie mit den beiden aufs Meer. Ein Schlag, und Carla flog vom Sitz. Bei der Hafeneinfahrt hatten sie den gummiverkleideten Pfosten gerammt. Adrian liess den Motor an, und das Schiff tuckerte auf seinen Platz. Der Vater warf die Leinen, und die Yacht wurde festgemacht. Der Vater forderte Carla zum Aussteigen auf, was überflüssig war. Nachdem Adrian und der Vater die Segel eingerollt hatten, verliessen zwei Helden das Schiff.

Während Carla vor dem Fernseher sass, hantierte Adrian in der Küche. Immer wieder schepperte das Geschirr, zusätzlich hatte er das Transistorradio voll aufgedreht. Kannst du nicht etwas leiser stellen, schrie Carla in Richtung Küche. Sie stand auf und verpasste der Wohnzimmertür einen Tritt.

Adrian leerte die Teigwaren in das Sieb im Spülbecken. In der Bratpfanne brutzelte die Butter. Er warf die Nudeln in die heisse Pfanne, schüttete den geriebenen Käse und den gehackten Lauch dazu und rührte ein Ei darunter.

Mit zwei gefüllten Tellern kam er ins Wohnzimmer. Er gab den einen an Carla weiter und setzte sich neben sie vor den Fernseher.

Was ist bis jetzt passiert?

Pst! sagte Carla, ich erzähl's dir später.

Die Tür vom Wohnzimmer öffnete sich, und der Vater trat ein. Adrian drehte sich flugs zu ihm um. Auf dem Herd hat es noch ein paar Nudeln, wenn du magst.

Aber der Vater hatte, wie meistens, mit einem Kunden in der Stadt gegessen. Er nahm den Tabak und die Pfeife vom Tisch und setzte sich in seinen Ohrensessel.

Erneut. Diesmal war in der Schönaustrasse, der Strasse, in der Adrian und Carla wohnten, ein Keller komplett ausgebrannt. Die Brandstifter hatte man schnell erwischt. Wie geahnt, Jungen aus den Arbeiterbauten, woher sonst.

Einmal ist genug. Die Bewohner der Einfamilienhäuser sammelten Unterschriften. Allen voran Frau Jensen, die prinzipiell keine Person aus der Sumpfecke, wie sie das Quartier der Arbeiterbauten nannte, grüsste.

Weg mit dem Gesindel!

Auch der Vater hatte unterschrieben. Es ist traurig, sagte er zu Frau Jensen, dass es so weit kommen musste. Wirklich traurig.

Adrian hatte sich den beiden entgegengestellt. Wie könnt ihr nur so gemein sein, zischte es zwischen seinen zusammengebissenen Zähnen hindurch. Sein Gesicht war voller Hass und im gleichen Ausmass rot, denn Erich, sein ehemals bester Freund, wohnte dort. War er etwa ein Brandstifter?

Carla hatte dem Gespräch stumm beigewohnt. Sie lag auf dem Läufer neben der Wohnzimmervitrine, vor ihr das aufgeklappte Geschichtsbuch. Wenn sie nur mächtig wäre. Aber was konnte sie ausrichten? Ein Mädchen von vierzehn Jahren.

Dass es ausgerechnet ihr Vater sein musste, der sich mit der Jensen und Konsorten verbündete. Bislang hatte sie an ihrem Vater nur hochblicken können. Nun verachtete sie diesen Mann.

Wie sollte sie je wieder jemandem aus den Arbeiterbauten begegnen können, ohne vor Scham davonzulaufen.

Du bist eine Ignorantin, warf Adrian seiner Schwester vor.

Lass mich mit deinen Problemen in Ruhe, sagte Carla.

Du hast ein Problem damit Carla, du!

Ich doch nicht, wies Carla die Anschuldigung zurück. Adrian hatte Carla den Vorschlag gemacht, mit ihm die Mutter ausfindig zu machen. Er würde sich gerne mit dieser Frau treffen. Carla hatte kein Interesse an einer Begegnung. Die Frau konnte für Carla nichts weiter als eine Fremde sein. Was hätte sie davon? Nichts! Ihre Familie bestand aus Vater und Adrian, und das war schon immer so.

Das ist nicht normal, sagte Adrian, dass dich deine eigene Mutter nicht interessiert. Willst du denn nicht wissen, was das für eine Frau ist?

Nein, wiederholte Carla. Was hätte ich davon? Nichts!

Ich vermute, sie ist eine sehr bemerkenswerte und intelligente Frau, sagte Adrian.

Und wenn nicht? provozierte Carla. Was, wenn sie eine schrecklich dumme und grässliche Person ist? Was dann? Dann hast du diesen Kram auch am Hals, und das zur Hälfte. Wenn du unglücklich werden willst, tu, was du für richtig hältst, aber bitte lass mich damit in Ruhe.

Carla hat gleich geahnt, dass dieser Blick etwas zu bedeuten hat.

Wir werden heiraten, Carmela und ich, sagt Adrian, ohne Einleitung, kaum haben er und Carmela sich, im Wohnzimmer des Vaters, vor das Cheminée gesetzt.

Carla traut ihren Ohren nicht. Steckst du in einer Lebenskrise? fragt sie, oder bekommt ihr etwa ein Kind?

Adrian und Carmela lachen.

Der Vater äussert sich nicht. Wäre er nochmals jung, er würde sich nicht mehr darauf einlassen, das sagt er nicht, aber man sieht es ihm an.

Carmela ist die einzige Tochter eines katholischen Ehepaars, das in Südfrankreich lebt. Carmelas Vater stammt ursprünglich aus Nord-Spanien. Er ist in dem Dorf, in der Nähe von Bilbao, in dem er aufgewachsen ist, jeden Sonntag zur Kirche gegangen. Er war dirigente de monaguillos, Oberministrant, wie er häufig erzählt.

Eine Viertelstunde in einem Büro sitzen, und das soll's gewesen sein? Was denkst du, hat Carmela gesagt, etwas Schrecklicheres könnte ich meinen Eltern nicht antun.

Eine kirchliche Trauung mit allem, was dazugehört, ist unumgänglich.

Nun sind es Linda, Patricia, Colette, Adrians Geschäftspartner, die Sekretärin, Erich …, die ihren Ohren nicht mehr trauen.

Ein Riesenporzellanschwein hat Carmela an der Tombola gewonnen. Adrian hat es vor Carmela auf den Tisch gestellt.

Hier, dein Preis.

Carmela rümpft die Nase, eine der kleinen Pflanzen wäre mir lieber gewesen. Carmela ist aufgestanden, das versuche ich umzutauschen.

Adrian hat Carmela gerade noch am Arm erwischt und auf die Bank zurückgezogen, mach dich nicht lächerlich.

Auf dem Nachhauseweg kommt sich Carmela mit dem Riesenschwein unter dem Arm dämlich vor. Und überhaupt, was soll sie mit einem Schwein?

Adrian hat es ihr abgenommen. Auf der Mülltonne hat es sicher nichts zu suchen, das Schwein. Das nehmen wir übernächste Woche nach Montpellier mit und schenken es deinen Eltern, die mögen doch alles, was aus Porzellan ist.

Meinen Eltern? fragt Carmela, denkst du, die freuen sich über eine Beleidigung?

Na also, wenn ein Glücksschwein eine Beleidigung ist! sagt Adrian.

Ein Glücksschwein? sagt Carmela belustigt. Was in der Schweiz vielleicht noch funktionieren mag, gilt noch lange nicht für Frankreich.

Bei uns ist ein Schwein ein Schwein, nicht mehr und nicht weniger.

Carmela lehnt im Stuhl, vor ihr liegt die Liste der Hochzeitsgäste. Es wird ein grosses Fest werden, wenn sie nur niemanden vergessen einzuladen. Dass es ausgerechnet eine weisse Hochzeit sein muss, sagt Adrian.

Ich werde die schönste Braut sein, die du je gesehen hast, verspricht Carmela.

Davon bin ich überzeugt, lacht Adrian.

Carmela stellt das Glas Rotwein auf den Tisch und betrachtet ihren zukünftigen Ehemann. Er steht vor dem offenen Schrank und sucht nach Salzstangen. Adrian, sagt sie mit vorsichtiger Stimme, wo lebt deine Mutter?

Adrian dreht sich abrupt um. Ich weiss es nicht, sagt er.

Carmela ist erstaunt, dass sie von Adrian überhaupt eine Antwort bekommt, damit hat sie nicht gerechnet.

Sollen wir deine Mutter nicht auch einladen? fragt Carmela schon etwas mutiger.

Keine Ahnung, wo die Frau wohnt, sagt Adrian.

Carmela kennt einen Ahnenforscher, über ihn wird sie die Adresse schnell herausfinden können.

Nein! sagt Adrian.

Adrian hat einen Gesichtsausdruck, wie ihn Carmela noch nie gesehen hat.

Carmela erschrickt.

Carmela ist im achten Monat schwanger. Noch immer hat das Kind, das bald auf die Welt kommt, keinen Namen. Auf dem Wohnzimmertisch türmen sich die Bücher. Dicke Bücher mit harten Bucheinbänden, die glänzen und auf die bunte Buchstaben gedruckt sind. Daneben liegt ein Blatt Papier, auf das Carmela ihre Favoriten notiert hat. Alle Namen sind durchgestrichen. Carmela und Adrian werden sich nicht einig.

Für Carmelas Kind kommt nur ein besonderer Name in Frage. Ein schöner Name, der in Verbindung mit einer bekannten Persönlichkeit steht, ein Name mit Bedeutung. Oder einer, der einzigartig klingt.

Musst du das Kind bereits bei seinem ersten Atemzug in eine Richtung drängen? wirft Adrian Carmela vor. Das Kind soll seinen eigenen Weg finden.

Der Name muss neutral sein, möglichst nichts bedeuten. Auf keinen Fall darf er an eine bekannte Person erinnern und erst recht nicht exotisch sein.

Weder Adrian noch Carmela geben nach. Jeder hat seine Gründe.

Als Einigung bleibt nur, dass Carmela die Wahl für einen Mädchennamen bekommt, Adrian die für einen Jungen.

Sechs Tage nach dem Termin kommt das Kind endlich zur Welt. Ein paar Stunden später sind Carmela, Adrian und Marco zu Hause.

Adrian hat sich einiges unter einer Geburt vorgestellt. Aber das nicht. Noch immer hängt ihm der Schreck in den Gliedern. Nie zuvor hat er einen so roten Kopf gesehen. Er hat befürchtet, Carmelas Kopf würde jeden Moment platzen.

Adrian trägt Carmela die Treppe hoch und legt sie ins Bett. Dann holt er den Korb, in dem der Winzling liegt. Er schläft. Carmela traut sich nicht, das Kind anzufassen. Leg es hier hin, sagt sie, hoffentlich schläft er bis zum Morgen. Müssen wir das Kind nicht wickeln? fragt Adrian. Wir machen besser nichts, bis die Hebamme kommt, flüstert Carmela.

Das Kind liegt zwischen ihnen. Carmela ist eingeschlafen. Ihre Hand berührt den Körper des Kindes.

Auch Adrian ist erschöpft. Er bringt es aber nicht fertig, die Nachttischlampe auszuknipsen. Immer wieder schaut er diesen Menschen an. Marco. Seinen Sohn. Diese kleinen Fäuste. Adrian zählt die Finger. Dieses schrumpelige Gesicht.

Sie waren weit oberhalb der Baumgrenze. Der Regen wurde heftiger. Adrian und sein Schulfreund hielten an und lehnten ihre Fahrräder an die Leitplanke. Auch die Überschuhe wurden aus den Rucksäcken geholt. Innerhalb kurzer Zeit war nicht mehr viel von Adrian und Tim zu erkennen.

Nach jeder Kurve hoben sich ihre Blicke. Endlich. Dort. Auf der Kuppe stand im Dunst das Haus.

Die Passhöhe.

Sie traten kräftiger in die Pedale, gaben ihr Letztes. Der Regen verwandelte sich in Eisregen und peitschte ihnen ins Gesicht.

Nicht mehr lange!

Was sich Tim bestellen wird? Pizokels, einen Bündnerteller, Schnitzel Pommes-Frites, Spaghetti, eine Portion Speck, Toast Hawaii, alles ist ihm recht.

Tim sah es als Erster. Die Läden der Alphütte waren geschlossen. Vor ihnen führte die Strasse weiter aufwärts, verlor sich im Treiben des Schneeregens.

Adrian und Tim drückten sich unter das schmale Vordach an die Hüttenwand. Ob wir nicht besser umkehren? fragte Tim, in einer halben Stunde, wenn wir die Räder laufen lassen, sind wir zurück im Tal.

Ist das dein Ernst? fragte Adrian, willst du als Eisskulptur vom Fahrrad fallen?

Adrian und Tim schüttelten sich vor Lachen, ihre Füsse stolperten aus dem Unterstand und trafen in die Pfützen. Umgehend sprangen sie wieder unters Vordach. Ihre Köpfe fielen zurück, schlugen an die Hüttenwand.

Sie schwiegen.

Besser, wir setzen uns auf die Fahrräder, sagte Adrian nach einer Weile.

Sie fuhren nebeneinander. Weit kann es nicht mehr sein, wiederholten sie immer wieder. Bestimmt werden sie demnächst die Passhöhe erreichen. Bei der schlechten Sicht verloren sie ihr Gefühl für die Zeit. Der Weg führte stetig aufwärts. Sie sprachen über den üblen Burschen und meinten damit den Flüelapass.

Tims Eltern besassen mehrere Wohnhäuser. In einem stand der Kellerraum leer. Ihr könnt ihn benutzen, hatte Tims Mutter gesagt, aber benehmt euch.

Damit hatte sie Tim, Adrian und die beiden Mädchen gemeint.

Schon nach kurzer Zeit kamen die Beschwerden der Hausbewohner. Erst zaghaft, dann deutlicher.

Gitarren, die an Verstärker angeschlossen sind und ein Schlagzeug. Und das in einem Wohnhaus, die sind wohl verrückt.

Die Leute polterten an die Tür und traten mit Füssen an die Gitterstäbe vor den Fenstern. Wenigstens die Löcher könnten sie schliessen, diese Bande.

Adrian stand hinter dem Keyboard. Die Haare des Musikers waren nass. Der Schweiss rann ihm an Armen und unter dem feuchten Hemd die Brust hinunter.

What a hot night, stöhnte eines der Mädchen ins Mikrofon, während sie den nächsten Akkord griff. Tim und Adrian doppelten sofort nach. An diesem Abend entstand die Melodie von Tropical Island, der Song, der zu ihrem Titelsong wurde.

Natürlich, sagte der Vater. Er hielt den Telefonhörer mit hochgezogener Schulter eingeklemmt am Ohr fest und knöpfte die Hemdmanschette zu.

Ja natürlich, sagte der Vater. Was weiss ich, was in diesem Schädel vor sich geht. Pubertät, sagte der Vater gereizt.

Das muss ihm die Grossmutter nicht erklären. Selbstverständlich bleibt Adrian, wo er ist. Ein Jahr vor dem Abschluss! Natürlich wird er studieren. Irgendetwas eben, sagte der Vater, was weiss ich. Erst einmal muss er die Schule zu Ende bringen.

Adrian war ins Wohnzimmer getreten und hatte sich demonstrativ in das Blickfeld des Vaters gesetzt. Am Tag zuvor hatte ihn der Vater angeschrien. Das kam selten vor, dass der Vater die Beherrschung verlor. Wenn du Trottel nachher Metzger oder Kaminfeger werden willst, ist das deine Sache, hatte ihn der Vater zusammengebrüllt.

Adrian lehnte im Ohrensessel des Vaters und sah genüsslich zu.

Der Vater war in sich zusammengesunken und kleinlaut geworden. Er machte ein gequältes Gesicht. Ja, sagte er immer wieder, ja, ja.

Beinahe jeder Tag der letzten Monate war für Adrian zu einer Tortur geworden. Endlich war damit Schluss. Das ewige Grübeln war zu einem Ende gekommen. Adrian musste von der Schule weg. Er wollte einen handwerklichen Beruf erlernen, welchen genau, wusste er noch nicht. Adrian war sich bewusst gewesen, dass er mit diesem Entschluss zu Hause die Hölle auslösen würde.

Dem Vater blieb nach einem heftigen Wortgefecht nur noch das Weinglas, das er auf den Boden schmeissen konnte.

Noch am selben Tag stand die Grossmutter mit diesem fürchterlichen Gesicht vor Adrian, das ihn als Kind jedesmal hatte zusammenfahren lassen.

Mit unverminderter Kraft stachen die kleinen Pupillen auf Adrian ein. Die alte Frau hatte ihm nichts mehr zu befehlen.

Definitiv nicht mehr!

Trotzdem wurden seine Beine für Sekunden weich. Im richtigen Augenblick hatte sich Adrian abgedreht und das Haus verlassen. Die Grossmutter blieb alleine zurück. Ihre Hände waren zu Fäusten geballt, während sie einen schauerlichen Fluch ausstiess.

Carla war als Vermittlerin erschienen, auch wenn es nichts zu vermitteln gab. Seit Wochen nahm der Vater Adrians Namen nicht mehr in den Mund. Als würde der Sohn für ihn nicht existieren.

Was soll ich denn hier, hatte Adrian zu Carla gesagt, als sie in sein Zimmer eingetreten war. Er war gerade dabei gewesen, die nötigsten Sachen zusammenzupacken. Der redet nicht mehr mit mir und sieht auch noch durch mich hindurch. Ich gehe zu Tim, wenn der Alte nicht mehr weiss, wie er sich mir gegenüber benehmen muss, soll er mir den Buckel hinunterrutschen.

Carla setzte sich bei Tims Familie an den Tisch.

Die Eltern von Tim wollten sich nicht in fremde Angelegenheiten einmischen. Zum Glück bleibt ihr Sohn auf der Schule. Sie verliessen das Wohnzimmer und setzten sich im Wintergarten in die Korbsessel.

Wenn du dir wenigstens einen guten Ausbildungsplatz suchen würdest, sagte Carla zu ihrem Bruder, oder bleibst du jetzt Handlanger?

Adrians Haare hingen bis auf die Schultern. Tagsüber band er sie zu einem Knoten fest. Im ungekämmten Haar hatte sich Bauschmutz festgesetzt.

Auch das noch. Vor ihm stand die Plastikschüssel mit dem Reissalat, und das Besteck hatte er zu Hause liegen gelassen.

Verschwitzt sass Adrian zwischen den Arbeitern. Die gleissende Sonne, die durch das Fenster stach, heizte die Baracke noch zusätzlich auf.

Vai all'inferno, sagte Giuseppe, selber schuld.

Einen aufmunternden Schlag in den Bauch erhielt er von ihm, nicht aber sein Besteck.

Essen con las manos, Enricos Pranken tauchten über dem Tisch auf und knallten auf die Tischplatte. In der Baracke fing ein Gegröle an.

Der Bau ist wohl nichts für Leute mit feinen Händen, was? sagte Enrico.

Das Gegröle wurde noch heftiger, überschlug sich. Adrians Hände waren verkratzt und aufgedunsen. Die letzten beiden Stunden hatte er den überflüssigen Fugenmörtel vom Mauerwerk abgerieben. Du musst dich beeilen, hatte der Vorarbeiter zu ihm gesagt, das geht nur, solange der Mörtel in den Fugen noch feucht ist. Verstanden. Adrian hatte sich nichts anmerken lassen, aber die Hände brannten, wegen des alkalischen Mörtels, schon lange. Zuvor hatte er dem Vorarbeiter die Backsteine aufs Gerüst gereicht, einen nach dem anderen, bis jeder Backstein schwerer geworden war und sie am Ende ihr Gewicht ganz verloren hatten.

Der Vorarbeiter nahm sich einen Stuhl. Rück zur Seite, Junge. Hör nicht auf diese Bande, du hast deine Arbeit gut gemacht, ernsthaft, so einen wie dich kann ich gebrauchen, einen, der zupacken kann.

Für eine Vollblutkatholikin ist die Taufe ihres Kindes unumgänglich. Mit Mühe und Not hat Adrian Carmela davon abbringen können, eigens dafür nach Südfrankreich zu reisen, was Carmela zuerst wollte, wegen der Grosseltern, denen man eine zwölfstündige Bahnfahrt nicht zumuten kann und die nicht freiwillig in ein Flugzeug steigen.

Alles, was gut und recht ist, hat Adrian gesagt, wenn ich schon an dem Theater teilnehmen muss, dann irgendwo hier um die Ecke.

Und wen nimmst du als Paten?

Ist es nicht naheliegend, dass deine Schwester Patin sein wird? fragt Carmela. Das ist doch normal, oder etwa nicht?

Carla und Patin, Adrian schaut Carmela belustigt an. Lass das besser bleiben und nimm eine deiner Freundinnen. Es gibt einiges, was Carla wichtiger ist, als hin und wieder mit einem Paket unter dem Arm vorbeizuschauen.

Carla ist gerührt, als sie von Carmela gefragt wird. Ohne lange zu überlegen, sagt sie aber nein.

Sie mag den kleinen Marco, sieht ihn auch gerne, doch lieber ohne Verpflichtungen und nicht zu oft. Er ist ihr zu laut, zu launisch, zu anhänglich, zu unbeholfen, eben ein Kind.

Widerwillig verschiebt Adrian die Verabredung zum Mittagessen. Das ist so etwas wie ein geschäftliches Treffen. Wie ich das liebe, in allerletzter Sekunde. Carmela hat sofort wieder zu weinen angefangen. Du hast es gut, hat sie ins Telefon geschluchzt.

Bereits im ersten Stock hört Adrian das Geplärr.

Kaum ist er in den Flur getreten, drückt ihm Carmela das schreiende Bündel in den Arm.

Kurz nachdem du aus dem Haus gegangen bist, sagt Carmela, seit dann, ununterbrochen.

Carmela sieht schrecklich aus, barfuss, in Unterhose und Hemd, mit zerzaustem Haar.

Die Rollläden in der Wohnung sind noch heruntergelassen. In der Küche liegt auf dem Tisch ein angebissenes Stück Schokoladekuchen, Schnuller, Medikamente, Musikdosen, Strampelhosen, Stoffwindeln. Marco beherrscht die gesamte Wohnung, die Tage und Nächte der Eltern. Nichts ist mehr, wie es einmal war.

Adrian geht mit Marco auf die Dachterrasse.

Was Adrian Marco alles zu erzählen hat. Der Kopf von Marco fällt zurück in Adrians Hand. Marco sieht den Vater an und bewegt seine Lippen, als wolle er etwas dazu sagen.

Adrian hat sich das Viertelfinale mit ein paar Freunden in der Bar ansehen wollen.

Die Fussballweltmeisterschaft ist etwas Besonderes, selbst für diejenigen, die mit Fussball nicht viel anzufangen wissen. All die anderen Spiele zuvor hat Adrian bereits verpasst.

Natürlich hat Adrian verstehen können, dass Carmela auch einmal ausgehen will. Seit zwei Monaten ist sie ununterbrochen mit Marco beschäftigt. Aber dass es ausgerechnet an diesem Abend sein muss, begreift Adrian nicht. Carmela trägt die schwarze Lederhose, in die sie bereits wieder passt. Sie kommt aus dem Bad und zieht eine Parfümwolke hinter sich her. Carmela hat vier Stunden Zeit. Das Kind ist gestillt. Dementsprechend ist ihr Schritt zackig, die Türen knallen. Sie gibt den beiden einen flüchtigen Kuss und lässt die Wohnungstür hinter sich zufallen.

Bis zur Verabredung mit dem Kunden bleibt noch eine halbe Stunde Zeit. Adrian hat sich in eines der Cafés gesetzt. Vor ihm steht der zweite Espresso. Er hat den Kopf auf die Hand gestützt und sieht den Passanten zu, die im Regen an der grossen Scheibe vorbeieilen. Unter den Rädern der vorbeifahrenden Autos spritzt Wasser auf den Gehsteig.

Eine alte Frau bleibt stehen. Sie geht einen Schritt zurück und zupft den Mantelkragen zurecht. Erst jetzt sieht sie Adrian, der direkt hinter der Scheibe sitzt. Der faltige Mund der alten Frau beginnt zu zittern. Sie lacht und geht weiter.

Über dem See liegt Dunst, kein einziges Schiff ist zu sehen, nur ein paar Möwen, die um den Steg kreisen.

Wäre Carmela da, sie sässe am Tisch und würde ein Gespräch in Gang halten, nicht locker lassen auch sein Geschäftspartner, der Praktikant oder sonst wer.

Auf der anderen Strassenseite springt eine Frau einem kleinen Schirm nach. Ein Kind hält die Hände vors Gesicht und weint. Der Wind fährt in seine Mütze und bläst sie dem Schirm hinterher.

Gleich bei der Ankunft hatte der Vater Ärger gemacht. Er hatte darauf bestanden, dass sein Zimmer und das von Carla nebeneinander liegen. Der Hotelbesitzer hatte die Schultern gehoben und sich beim Vater entschuldigt. Sieben Zimmer lagen zwischen ihm und Carla. Das Hotel war ausgebucht. Auch in Griechenland war Hochsaison.

Sofort beim Betreten ihres Zimmers hatte Carla die Reisetasche in eine Ecke geschleudert. Sie hatte Zigaretten aus der Brusttasche geklaubt und sich mit Schuhen aufs Bett geworfen. Genüsslich hatte sie eine Zigarette geraucht.

Fast täglich organisierte der Vater einen Ausflug. Er gab es bald auf, Carla zum Mitgehen zu zwingen, und liess sie im Hotel zurück.

Am späten Nachmittag durchquerte Carla die Empfangshalle. Sie spazierte durchs Dorf und schlenderte die Strasse entlang bis zu den Buchten. Ein älterer Fischer sass auf einem Stein. Nicht weit von ihm legte sich Carla zwischen die Felsbrocken in den Sand. Sie lag im Schatten einer knorrigen Pinie und hörte dem Wasser zu, wie es an die Boote klatschte.

Es ist ein göttliches Gefühl, in einem fremden Land alleine zu sein, dachte Carla. Sie drehte sich auf den Rücken, hielt die Arme unter ihrem Kopf verschränkt und überlegte.

Auf dem Rückweg zum Hotel blieb sie vor dem Bäckerladen stehen. Carla hatte Glück. Der Bäcker selbst stand hinter dem Ladentisch.

Carla wechselte von einer Sprache in die andere. Sie könne beim Backen helfen oder Brote verkaufen, versuchte sie sich verständlich zu machen. Der Mann rief nach seiner Frau. Aber auch sie fand nicht heraus, was Carla wollte.

Carla sagte good-bye. Sie liess einen Motorroller vorbeifahren und überquerte die Strasse. Ein Junge trat aus einem Haus.

Hinter ihm schlugen die Plastikkugeln eines Kettenvorhangs gegeneinander.

Carla wird Griechisch lernen. Dann wird sie zurückkommen. Bald.

Der Vater hatte sich mit der Grossmutter ins Arbeitszimmer zurückgezogen.

Einen Einkaufsbummel durch die Stadt unternimmt sie, statt in die Schule zu gehen, und wenn sie dort einmal auftaucht, stört sie den Unterricht. Katastrophal, sagte der Vater.

Auf jeden Fall bleibt Carla weiterhin auf dem Gymnasium. Sie wird mir nicht die gleichen Schwierigkeiten bereiten wie Adrian.

Nicht so lange ein Vater noch etwas zu sagen hat!

Warum schickst du sie nicht in ein Internat, für die letzten beiden Jahre? Das wäre vielleicht das beste, schlug die Grossmutter vor.

Ein Internat? Kommt nicht in Frage. Nicht bei meiner Carla!

Dann werde ich nach dem Rechten sehen müssen, sagte die Grossmutter, du kannst dich auf mich verlassen.

Die Grossmutter bat Carla ins Wohnzimmer und sprach mit ihr. Gegenüber von Carla auf dem Sofa sass ein Elefant mit dem Kopf einer Echse.

Der Mann war mindestens fünfzehn Jahre älter als Carla. Adrian fragte sich, was so einer von seiner Schwester wollte, die noch keine siebzehn zählte. Der Friseur war gut gekleidet, sprach ein vornehmes Französisch, und an seiner Hand protzte eine auffallend kostspielige Uhr. Er war diese Art Mann, der das, was er hat, zeigt, vielleicht war es auch der französische Schlag.

Carla war seit einem halben Jahr in Genf. Sie wollte nicht mehr zurück. Es war genau so, wie es ihr gefiel. Adrian hatte nichts gewusst von Carlas Hang zum Snobismus, nun sah er sich in dem edlen Schuppen um und staunte. Der Friseur war ein aufmerksamer Mensch. Carla brachte es nicht fertig, sich auch nur eine Zigarette selber anzuzünden. Über kurz oder lang wird er ihr mit seinem Gehabe auf die Nerven gehen, so weit kannte Adrian seine Schwester. Ihr waren offensichtlich, so alleine in der Stadt, die Sinne durcheinandergeraten.

Carla schwärmte vom Humor des Friseurs. In der Tat lachten die beiden sehr viel. Adrian amüsierte sich auch, vor allem bei dem Gedanken, wie sehr sich der Vater freuen werde. Carla sprach ein hartes rhythmisches Französisch. Sie wohnte bei einer Afrikanerin, aus Niger, mit der sie sich angefreundet hatte.

Die Schule, das Institut Valérie Collon, kostete eine Menge Geld.

In Genf hatte Carla vor allem eines. Ihre Ruhe. Sie vermisste die „Ihrigen“ nicht im geringsten. Oft genug mischten sie sich unnötigerweise in ihr Leben ein. Adrian, mit seinem überheblichem Schweigen, kombiniert mit einem herablassenden Blick, mit dem er Carla nur zu verstehen geben wollte, dass sie vom Leben leider noch nichts begriffen hatte, das Kind, ganz im Gegensatz zu ihm. Auch den Vater vermisste sie nicht, der nie da war, aber im entscheidenden Moment immer auftauchte und ihr penetrant im Weg stand. In Genf hatte Carla Zeit. Fünf Stunden am Tag sass sie im Institut Valérie Collon. Danach war sie frei. Sie übte viel auf ihrer Bratsche, hörte Musik, joggte bei Wind und Regen, den See entlang, besuchte Konzerte, liess sich von dem Friseur durch die Stadt chauffieren oder diskutierte mit Fati die Nächte durch, bis sie eines Abends einem Musikstudenten begegnete, ihrem zukünftigen einzigen und ständigen Begleiter in Genf.

Sayuri Osawa, das Konzert war ausverkauft. Carla und Cédric waren, nicht weit voneinander entfernt, in der ersten Reihe gesessen. Getroffen hatten sie sich nach Konzertschluss an der Garderobe.

Der Schal fiel mir auf den Boden, als ich den Mantel von der Garderobiere entgegennahm.

Man darf es niemandem erzählen, erzählt sie Adrian, aber so war's.

Nach der Rückkehr aus Genf konnte sich Carla nicht mehr zurechtfinden, alles war um etliches schlimmer, als sie es erwartet hatte.

Sie vermisste ihre kleine Wohnung mit Fati in der Rue de la Cloche, die Croissants im Café Pierrot, die wuchtigen Häuserreihen, die langen Alleen, die vielen verschiedenen Konzertbesuche und am allermeisten Cédric, der ihr das Zuhören, das Sich-auf-etwas-Einlassen beigebracht hatte.

Entweder die Menschen strömen zu den Allgemeinplätzen oder sie verstehen hoffnungslos nur sich selbst, meinte Cédric.

Jetzt war alles wieder abgesteckt und eng. Vor allem in den Köpfen der Menschen. Seit zwei Wochen war Carla zurück. Die längsten zwei Wochen ihres Lebens.

Bevor sich Carla zur Aufnahmeprüfung anmeldete, immerhin sie hatte sich entschieden, wollte sie den Vater davon in Kenntnis setzen.

Musik? Kommt nicht in Frage! So ein Hirngespinst! Französisch! Englisch! Sprachen waren abgemacht!

Der Vater warf die Hände vors Gesicht, sollte wohl heissen, wie habe ich das nur verdient. Diese Kinder!

Wo Fati nun leben mag? Vermutlich nicht mehr in Genf. In dieser Stadt wird es mir nie gefallen, hatte sie immer gesagt, die Füsse stecken ununterbrochen in Schuhen und gehen ausnahmslos auf Asphalt. Ringsum, durchgehend, hinauf und hinunter, alles komplett grau. Wie in einem Gefängnis. Nicht einmal von der Kathedrale St. Pierre aus gibt es einen Horizont. Was nach Carlas Ansicht übertrieben war, aber ziemlich genau ausdrückte, wie ihre afrikanische Freundin die Stadt empfand.

Durch Fati wusste Carla, dass es auf der Erde noch eine Art zu leben geben musste, von der die Menschen hier nichts ahnten.

Fati war, wie sie war, und das war für Carla gut.

Am Abend vor ihrer Rückreise hatte sich Carla mit Cédric verabredet. Sehr schnell war es spät geworden. Beinahe zwei Flaschen Rotwein hatten sie zusammen geleert. Was hätte sie mitten in der Nacht noch von einem Ende der Stadt zum anderen fahren sollen.

Am nächsten Morgen war Carla durch die Strassen und Gassen geeilt, aber nicht schnell genug. Fati war bereits zur Arbeit gegangen. Carla hatte sich hingesetzt und ihr einen Abschiedsbrief geschrieben.

Seit fünf Tagen sind sie unterwegs. Von Flughäfen über Highways zu Konzertsälen und Hotelzimmern.

Am Morgen sind sie in Burlington angekommen, in den Autobus gestiegen und haben bald darauf die nächste Station erreicht.

Die Musiker sind auf drei Hotels verteilt. Carla ist mit zwei anderen Frauen in einem Dreibettzimmer untergebracht.

Vor ihnen liegen endlich drei Viertel eines Tags zur freien Verfügung.

Und wie war's in Kanada?

Als Antwort erhält Carla ein Kissen an den Kopf. Die Cellistin will sich ausruhen, ausgiebig, keinen Fuss wird sie über die Schwelle setzen. Die andere Zimmergenossin hat sich im Badezimmer eingeschlossen und eine Wanne einlaufen lassen.

In Zimmer vierunddreißig sind die Aussichten nicht besser. Ein Zimmer weiter dröhnt der TV durch die orange bemalte Tür. In Nummer vierzig liegt der Flötist mit Eiswürfeln auf der Stirn auf dem Bett.

In der Empfangshalle trifft Carla den Oboisten. Er kommt mit.

Der Puertoricaner an der Rezeption, mit dem sich Carla unterhält, kann das für sie organisieren. Er zwinkert ihr zu. Dutch?

Carla und Luca sitzen auf den Fahrrädern, hinter ihnen verschwindet die Stadt.

Bei der Farm mit den wuchtigen Getreidesilos, die sie schon von weitem gesichtet haben, biegen sie auf den Feldweg ein. Vereinzelt haben die Blätter an den Bäumen bereits ihre Farbe gewechselt.

Ihr Reiseziel im Visier, den kleinen Hügel, fahren sie den Weg entlang.

Was ist das da vorne? fragt Luca, der unter der Absperrung durch auf die Fortsetzung des Feldwegs kriecht.

Carla hält die Hand gegen die Sonne. Sieht nach Kühen aus.

Luca hat den Wintermantel bis oben zugeknöpft und die Kappe aufgesetzt. Er wartet am Ende des Saals. Dann wartet er draussen. Bis sich Carla von allen verabschiedet hat.

Luca ist mitten in der Halle gestanden und hat gerufen, arrivederci a tutti, wer ihn gehört hat, hat ihn gehört, und die anderen eben nicht.

Du bist ein unfreundlicher Zwerg, hat ihn Carla aufgezogen und ihm die Kappe ins Gesicht gerückt. Carla streckt sich, arrivederci a tutti, ihre Arme schwingen durch die Luft.

Sie gehen zu Fuss durch die Stadt, jeder hat sein Instrument an der Schulter.

Erstaunlich, sagt Luca, wie du es am Ende doch noch fertig bringst, einen Mozart zu spielen, ohne dass man sich die Ohren zuhalten muss. Hat er etwa deine Sympathie geweckt?

Ich habe mich einhundertzehn Stunden ausschliesslich mit ihm befasst. Zur Mozartinterpretin bin ich deswegen nicht geworden.

Vielleicht würden dir weitere einhundertzehn Stunden gut tun.

Carla zieht Luca erneut die Kappe ins Gesicht.

Übermutig brauchst du deswegen nicht zu werden, Carla.

Luca und Carla sind erleichtert, keine Probe ist so perfekt verlaufen wie an diesem Abend.

Hinter dem langen Tisch steht ein Mann mit Kochhaube und weisser Schürze.

Keiner der Anwesenden will der Erste sein.

Zehn Minuten später ist am Buffet ein Gedränge, dass man an den Tisch mit den aufgetürmten Tellern nicht mehr herankommt.

Carla steht neben der Marmorsäule und unterhält sich mit einem Mann, den Adrian nicht kennt. Nach dem schwarzen Anzug und dem weissen Hemd zu schliessen, ein Orchestermusiker.

Adrian packt Carla von hinten an der Schulter und drückt ihr einen Kuss auf die Wange.

Sie wendet sich sofort an Luca. Mein Bruder, verrät sie.

Adrian versteht, er sagt ein paar Worte. Dann lässt er die beiden ungestört weiterreden. Carla packt ihn am Hinterteil seines Kittels, bleib schon hier.

Der Vater hat sich bei Carla entschuldigt, ich würde ja gerne kommen, aber leider …

Ich bin die Grossmutter der Solistin, sagt die Grossmutter. Obwohl Carla nur ein paar Takte alleine gespielt hat. Jetzt hat sich die Grossmutter den Dirigenten geschnappt. Herr Van der Meer hört ihr freundlich zu. Sie scheinen sich zu amüsieren. Über Mozart, klärt Adrian auf, das ist auch der einzige Komponist, den sie kennt.

Sag das nicht zu laut, bittet Carla.

Unterdessen haben sich noch die Cellistin und der Konzertmeister zu ihnen gestellt.

Mit Schönberg habe ich noch nie etwas anfangen können, antwortet Adrian auf die Frage des Konzertmeisters.

Schönberg? fragt der Konzertmeister verwundert.

Das ist ein Scherz, erklärt Carla, weil er vermutlich nichts zu sagen weiss. Ich komme aus einer völlig ungebildeten Familie, was Musik betrifft, was klassische Musik betrifft.

Carla sieht, wie ihr Bruder verschmitzt grinst.

Bist du etwa erst gekommen?

Der Vorgang wiederholt sich. Adrian kann darüber nur lachen, während Carmela nicht weiss, was da amüsant sein soll.

Zum x-ten Mal hängt die Grossmutter im Schlafzimmer das gerahmte Bild ihres Sohnes ab und bringt es dem Grossvater, der es am Tisch weiterreichen soll.

André sitzt auf einer gehäkelten Decke. Er trägt eine kurze Hose aus festem Stoff und Socken, die bis unter die Knie hochgezogen sind. Der Einjährige hat ein ernstes Gesicht und einen ordentlichen Seitenscheitel.

Die Betrachter nicken. Ganz der Grossvater. Zum Verwechseln ähnlich, der Grossvater und der Junge.

Adrian lacht, ja so ist es. Er nimmt das Bild entgegen, während Carmela, die neben ihm sitzt und Marco auf dem Schoss hält, die Augen rollt. Die Grossmutter freut sich.

Bei Carmela zu Hause nimmt die Szene erneut ihren Lauf. Carmelas Mutter kniet vor dem offenen Wohnzimmerkasten. Bald hat sie es. Gleich. Da. Sie zieht ein geblümtes Fotoalbum hervor und schlägt es auf. Voyez, sagt sie, assurez-vous vous-même.

Carmelas Verwandte sitzen um den Tisch. Einer nach dem anderen streckt den Kopf über das Album und betrachtet die einjährige Carmela. Staunen breitet sich am Tisch aus. Marco est le portrait tout craché de Carmela, sagt ein Onkel. Worauf die anderen Verwandten zustimmen. Oui, exactement le même visage!

Nächsten Monat nimmt Carmela ihre Übersetzerarbeit wieder auf.

In einer Bürogemeinschaft kann sie sich für drei Tage die Woche einmieten.

Am Vormittag hat sie sich bereits bei ihrem Hauptkunden gemeldet. Die Freude ist ganz meinerseits, hat Carmela am Telefon gesagt.

Auch mit Marco gibt es kein Problem. In zwei Monaten wird er ein Jahr alt werden. Die Tagesheimleitung hat sich gegenüber Carmela entgegenkommend gezeigt.

Die letzten Wochen haben Carmela und Adrian über dieses heikle Thema geschwiegen.

Adrian ist strikt dagegen, dass sein Sohn von fremden Menschen erzogen wird. Aber Carmela sieht nicht ein, warum sie die nächsten zwanzig Jahre zu Hause bleiben soll. Gelegentlich frage ich mich, aus welchem Jahrhundert du eigentlich kommst, sagt Carmela zu Adrian, solche Diskussionen haben unsere Grosseltern geführt.

Warum kannst du nicht zu Hause arbeiten? Wir stellen einen zweiten Tisch ins Arbeitszimmer, tagsüber bin ich sowieso nicht hier.

Und Marco? fragt Carmela.

Um ihn könnte sich in dieser Zeit notfalls ein Babysitter kümmern, aber du wärst wenigstens in der Nähe.

Keine fünf Minuten hätte ich meine Ruhe, sagt Carmela. Du hast immer ganz genaue Vorstellungen, vor allem, wenn es nicht deinen Arbeitstag betrifft.

Gebe ich dir nicht oft genug nach? fragt Adrian. Von mir aus würde diese Fratze nicht an der Wand hängen. Er zeigt auf das Foto, das im Schlafzimmer neben der Tür an der Wand hängt und auf dem ein Mann in Denkerpose zu sehen ist.

Ein perfekter Vergleich, diese Kleinigkeit, sagt Carmela.

Eine Kleinigkeit, die sich täglich aufsummiert, berichtigt Adrian.

Carmela möchte die Wohnung erneut umstellen. Soeben hat sie Adrian den Vorschlag gemacht.

Warum muss der Raum, in dem wir uns so gut wie nie aufhalten, der hellste der Wohnung sein? fragt Carmela. Ich will optimale Wohnverhältnisse, sagt sie.

So ein Quatsch, erwidert Adrian. Dir ist es grundsätzlich nie recht, wie es ist. Andauernd musst du alles umkrempeln.

Deswegen hast du mich vermutlich auch geheiratet, damit du den dunkelroten Pass gegen einen knallroten tauschen kannst.

Carmela hat sich die Hand hinters Ohr gehalten. Du hast schon richtig gehört, sagt Adrian.

Carmela fängt an zu lachen. Während sie den Kopf zurückwirft, fällt ihr blondiertes Haar über die Rückenlehne. Das ist das beste, lacht sie, einfach grandios.

Bis Ende des Monats stehen sie unter Zeitdruck. Sie wollen den Schlosser auf später vertrösten. Der Handwerker bleibt stur. Zu Beginn des nächsten Monats will er seinen Spot im Radio hören.

Es ist ein kleiner Auftrag, den man, wenn es unbedingt sein muss, dazwischennehmen kann. Das heisst, es wäre ein kleiner Auftrag, wenn der Kunde eine Ahnung von dem hätte, was er will, oder Adrian einfach machen liesse. Keines von beidem ist der Fall, wie sich bald herausstellt.

Adrians Geschäftspartner ist mit seiner Geduld am Ende, seine linke Augenbraue zuckt, ein deutliches Zeichen.

Adrian hat sich zum Kunden gesetzt.

Tatsächlich ist es zum Die-Nerven-Verlieren, wenn Adrian noch welche in Reserve hätte.

Nein, Gopferdeckel, sagt der Kunde. So meine ich es sicher nicht.

Wie dann?

Anders!

Einmal hat das Konzept zuviel Musikanteil, der Schlosser will schliesslich nicht ein Konzert sponsern. Dann ist es wieder nur ein Geschwafel. Einmal soll die Stimme freundlich, witzig klingen. Im nächsten Moment soll ein geschäftlicher, sachlicher Ton angebracht sein. Adrian holt ein paar Demos. Am besten, der Kunde hört sich verschiedene Möglichkeiten an.

Aber danach weiss der Kunde erst recht nicht mehr, was er will.

Wieder ist eine Stunde um.

Wieviel Zeit haben wir bereits für diesen Klacks investiert? fragt Adrians Geschäftspartner, sowie der Kunde endlich weg ist. Das kannst du ihm nie verrechnen. Eigentlich, schlägt der

Geschäftspartner vor, sollten wir so kleine Geschichten nicht mehr annehmen.

Adrian ist da anderer Meinung. Wäre dieser Auftrag vor zwei Jahren hereingekommen, sagt er, hättest du dich dafür auf den Kopf gestellt.

Adrian würde jetzt gerne schlafen gehen. Aber Carmela lässt ihn nicht. Im Nachthemd steht sie vor ihm und schreit ihn an.

Wie so oft in letzter Zeit ist es auch an diesem Abend sehr spät geworden. Wenn Carmela noch lange herumschreit, fängt tatsächlich das erste Vogelgezwitscher an.

Lass mich endlich in Ruhe, sagt Adrian. Er möchte an Carmela vorbei ins Schlafzimmer.

Nein, kreischt ihm Carmela ins Ohr und packt ihn am Hemdsärmel. Es reicht!

Carmela jagt vor Adrian ins Schlafzimmer. Sie greift nach Adrians Decke und seinem Kopfkissen und wirft alles ins Wohnzimmer.

Hau ab! befiehlt sie.

Adrian richtet sich auf dem Sofa ein und löscht das Licht.

Bis um ein Uhr in der Früh hat er mit der Praktikantin Musik aufgenommen und abgemischt. Sie sind für die gesamte Tontechnik verantwortlich. Über zweitausend Besucher werden am Samstag erwartet. Die Bank ist ihr grösster Kunde. Aber das versteht Carmela nicht.

Nach den Aufnahmen haben sie sich noch in eine Bar gesetzt und etwas getrunken. Aber auch das versteht Carmela nicht.

Adrian wirft einen Blick auf die Leuchtziffern seiner Armbanduhr, noch genau vier Stunden Schlaf bleiben ihm. Und auch das versteht Carmela nicht.

Marco hält sich an einem Eisenstab fest und macht einen Schritt. Hinter dem Graben watscheln Pinguine über die Pflastersteine. Sie stehen am Rand des Wasserbeckens und lassen sich Kopf voran hineinplumpsen. Ein Wärter hat einen Kessel mit leblosen Fischen ins Becken gekippt.

Marco bückt sich. Vom Boden hebt er ein gebrauchtes Papiertaschentuch auf und stopft es in den Mund. Carla unterhält sich mit einer Besucherin. Nein, ich bin nicht die Mutter, das ist mein Neffe, sagt Carla und wirft einen Blick auf Marco.

Pfui Teufel! sagt Carla. Augenblicklich steht sie neben Marco und klaubt ihm mit den Fingern das Papiertaschentuch zwischen den kleinen Zähnen heraus.

Sofort setzt du dich in den Wagen zurück, so etwas nimmt man nicht in den Mund.

Sie fasst Marco an Schulter und Po und steckt ihn in den Kinderwagen.

Das darfst du nicht tun. Hast du verstanden?

Sie schaut Marco mahnend an und tätschelt ihm die Wange.

Marco lacht und streckt seinen Arm aus.

Ja, Bagger, pflichtet ihm Carla bei. Genau, das ist ein Bagger.

Das Hirschgehege wird umgebaut. Hinter dem Gitter liegen Holzbretter und Zementsäcke am Boden, und zwischen aufgehäuften Erdschollen steht ein gelber Bagger.

Carmelas Entschluss steht fest.

Annecy ist nicht weit, versucht Carmela zu verharmlosen. Mit dem Auto bist du in wenigen Stunden bei uns. Du kannst kommen, so oft du willst.

Wie soll ich oft kommen, wenn ich andauernd arbeite, gibt Adrian unwirsch zur Antwort. Weisst du, wie schnell das geht, schon wird mich Marco nicht mehr kennen, kommt nicht einmal mehr mit mir mit. So wird es sein. Adrian bleibt erstaunlich ruhig, wenn auch sehr angespannt. Die volle Tragik ist ihm noch nicht gegenwärtig, kann es noch nicht sein, er weiss das. Aber für Carmela gibt es kein Problem. Zusammen mit einer Frau hat sie ein Haus gemietet. Direkt hinter dem Haus befindet sich ein grosser Garten, der schon baldmöglichst wild sein wird, so Carmela. Sie hat genug von dieser Schweiz. Sowieso hat sie sich nie wohl gefühlt in dieser penetrant perfekten Schweiz, wie sie nicht aufhören kann zu wiederholen. Carmela freut sich, nach so vielen Jahren nach Frankreich zurückzukehren. Auch für Marco ist es besser. Der Wald, der See. Wenn er will, bekommt er später auch einen Hund.

Wie stellst du dir das vor? fragt Adrian, ist es nicht absehbar, dass Marco dann, in ein, zwei Jahren, nur noch französisch verstehen wird?

Adrian möchte nicht untolerant sein. Der Gedanke aber, dass er und sein einziger Sohn nicht dieselbe Sprache sprechen, bringt ihn beinahe um den Verstand.

1998

Mit einem Satz springt Adrian auf den untersten Tritt. Schon schnappt die Tür zu. Draussen ertönt ein langgezogener Pfiff. Adrian geht durch das Zugabteil, wie immer ist alles voll. Neben einer Frau hat es noch Platz. Er entschuldigt sich und lässt sich auf den Fenstersitz fallen. Eine Hand klatscht auf sein Hosenbein.

Es ist Amy. Adrian hat die Frau schon länger nicht mehr in der Bahn angetroffen.

Du siehst geschafft aus, bemerkt Amy zur Begrüssung.

Wen wundert's, sagt Adrian und tupft sich mit einem Taschentuch die Schweissperlen von der Stirn, nach so einem Tag. Aber du kennst es selber, fünf Leute um einen Tisch, jeder eine Kapazität auf seinem Gebiet, und vor dir liegt ein komplett durchstudiertes Konzept.

Die Frau, die als Programmiererin arbeitet, will davon nichts hören. Ausnahmsweise sitzt sie bereits im Acht-Uhr-Zug. Am nächsten Morgen fliegt sie nach London.

Spielt es eine Rolle, in welcher Stadt ich arbeite? antwortet sie auf die hochgezogenen Augenbrauen von Adrian. Wenn ich nicht mit der Bahn reise, dann mit dem Flugzeug, wo liegt da der Unterschied?

Du bist die einzige weltliche Frau, die ich kenne, sagt Adrian, nicht ohne Bewunderung, eine Amerikanerin.

Eine Amerikanerin? Amy kann sich das Lachen nicht verkneifen. In Amerika habe ich nie gelebt. Als Kind war ich in Florenz, in Hongkong, Singapur, Tel Aviv, Beirut … ich war überall und nirgends, dank der Arbeit meines Vaters.

Interessant, sagt Adrian, dann bist du mit vielen Menschen zusammengekommen, und das auf der ganzen Welt.

Die Frau verdreht die Augen. Das ist genau das, was sich die Leute immer vorstellen, die keine Ahnung haben. In Wirklichkeit hatte ich überhaupt keine Freunde, wie auch, kein Nachbarskind konnte sich mit mir unterhalten. Ich sass nur zu Hause und habe gelesen. Meine gesamte Kindheit habe ich in Büchern verbracht. Wuthering Heights, Oliver Twist, die ganzen Fantasy- und Science-fiction-Books. Ich dachte, so wie sich die Menschen in den Büchern verhielten, das wäre das richtige Leben. I was so stupid.

Würde sich Adrian nicht mit Amy unterhalten, er wäre längst eingeschlafen.

Wie alle Mädchen wollte ich Stewardess werden, sagt Tonja, die Sprecherin des Werbespots, während der Mittagspause beim Inder. Und du ? Pilot?

Pilot? Du meine Güte, sagt Adrian, ich bekomme gleich feuchte Hände. Mit dem Element Luft habe ich noch nie etwas anfangen können, und das wird immer schlimmer. Ganz im Gegensatz zum Wasser. Seltsamerweise. Obwohl das irgendwie zusammengehört.

Ja?

Das sagt man doch. Ein Kapitän könnte geradeso gut ein Pilot sein und umgekehrt.

Das habe ich noch nie gehört.

Spielt auch keine Rolle.

Hattest du denn einen Traum, als Kind?

Und wie, sagt Adrian. Unbedingt wollte ich später etwas werden, das mit Fischen oder dem Meer zu tun hat. Taucher, Meeresbiologe. Als Zwölfjähriger hatte ich eine Buntbarschzucht, die Jungfische verkaufte ich an die Tierhandlung bei uns im Quartier.

Das könnte ich mir sogar heute noch vorstellen, Meeresbiologe.

Warum bist du es dann nicht geworden?

Weil ich später Rockstar werden wollte. Zusammen mit Freunden hatte ich eine Rockband. Wir hatten uns schon auf sämtlichen Plattenhüllen gesehen.

Das hat Tonja nicht gewusst.

Tja, sagt Adrian, es ist auch schon ein paar Tage her.

Die Hortensien neben dem Eingang sind so mächtig, wie man sie nur in südlichen Regionen vorfindet. Das alte Haus ist stilgerecht renoviert, verwinkelt, die Zimmer sind klein. Sie sitzen in der Stube, die bemalte Decke hängt, wie es sich für diese Art von Tessinerhaus gehört, sehr hoch. An einer Wand ist ein Büchergestell eingepasst, das von oben bis unten gefüllt ist. Durch die offene Tür sieht man ins nächste Zimmer auf eine Wand voller Schallplatten und CDs.

Viele Jahre lang hat sich Adrian nichts sehnlicher herbeigewünscht als diesen Moment. Nun empfindet er nicht das, was er sich vorgestellt hat. Die Frau ist ihm fremd.

Carla hat die ganze Zeit kein Wort gesagt. Was sich die Frau wohl anhört? Carla würde gerne aufstehen und in das andere Zimmer gehen. Sie rührt sich nicht.

Ich habe fast zehn Jahre in Zürich gelebt, sagt die Frau. Ich war mit einem Anwalt verheiratet. Neunzehnhundertvierundachtzig bin ich zurückgekehrt und habe mir dieses Gut gekauft.

Sie übersetzt aus dem Italienischen ins Rätoromanische, arbeiten muss sie nicht, halb Riein hat ihrer Familie gehört. Die Eltern leben nicht mehr.

Immer war sie das Mädchen aus den Bergen, das im Vergleich zu den Städtern nichts wusste, und sie glaubte es auch noch. Am Anfang, ein paar Jahre. Grosskopfig waren sie, die Stadlers.

Die Kindheit mit einer Mutter kann euch niemand mehr zurückgeben, sagt sie. Und ich habe meine Kinder verloren. Für Adrian bin ich ein Traumbild, für Carla eine fremde Person.

Meine Frau ist auch Übersetzerin, sagt Adrian. Deutsch und Spanisch. Sie lebt in Annecy. Carmela ist Französin. Wir haben einen Sohn.

Von einer Hochzeitstorte habe ich geträumt, sagt Tonja. Mindestens zwei Meter hoch war die. Die Braut stand daneben. Alleine. Ringsum sassen die Gäste, ich unter ihnen. Alles kommt mir sehr bekannt vor, als hätte ich das schon einmal gesehen. Ich glaube, das Bild gehört zu einem Film.

Tonja rückt unter der Decke näher zu Adrian. Und von was hast du geträumt?

Adrian und Carmela sitzen auf der Holzbank im Garten. Carmela hat Weisswein und französischen Käse aufgetischt. Sie warten auf Marco, der pünktlich nach Hause kommen soll.

Adrian lehnt an der Hauswand. Gemütlich ist es bei dir, sagt er. In seiner Hand liegt Carmelas Hand.

Ob es für uns noch eine gemeinsame Zukunft gibt? sagt Adrian. Der Hund schiesst am Gartentor vorbei. Dann bleibt er stehen, dreht um. Adrian fängt den hereinspringenden Marco auf und dreht sich mit ihm im Kreis.

Regarde, c'est mon père, sagt Marco, als er wieder auf dem Boden steht. Er hat sich an den kleinen Hund gewandt. Alors, assieds-toi, assieds-toi! befiehlt Marco. Er legt sich mit dem Oberkörper auf den Hinterteil des Hundes.

Tu n'entends pas bien? sagt Marco.

Wie heisst dein Hund? fragt Adrian.

Max!

C'est un chien de garde, un boxeur, il devient très dangereux.

Dieser Zwerg? lacht Adrian den Hund aus.

Ce n'est pas un nain, pas du tout! sagt Marco.

Du, haben wir das letzte Mal nicht abgemacht, dass du Deutsch mit mir sprichst?

Non, sagt Marco.

Er hat den Ast, den er vom Wald mitgebracht hat, vom Boden aufgehoben und über den Rasen geworfen.

Aber Max interessiert das nicht. Er hat alle Viere von sich gestreckt und dreht sich auf dem Kiesel hin und her.

Neben ihnen bremst ein rotes Cabrio ab. Wollt ihr mitfahren? fragt der Fahrer. Nein danke, antworten Carla und Luca fast gleichzeitig.

Selber schuld. Der Pianist schiebt die Sonnenbrille zurück auf die Nase und drückt aufs Gaspedal.

Neben ihm sitzt seine Freundin, ihr Haar flattert auf.

Wie immer gehen Carla und Luca zu Fuss durch die Stadt. Sie spielen in verschiedenen Orchestern. Zudem ist Luca Gastdozent am Conservatorio in Milano. Oft sehen sie sich länger nicht.

Auf dem Heimweg können sie sich in aller Ruhe unterhalten, oder sie gehen schweigend nebeneinander her. Je nachdem.

Vergangene Woche ist Carla Luca nachgereist. Sie waren für vier Tage in Palermo, bei seiner Familie.

Beinahe rund um die Uhr hingen die Kinder abwechselnd an Carlas oder Lucas Hals.

Carla hat versucht sich an jedes Kind zu erinnern und ihre Namen aufgezählt. Unglaublich, sagt sie, die vielen Kinder. Luca amüsiert sich, du hast den kleinen Gianpiero und das Herzblatt Corinna vergessen.

Auch wenn ich sonst nicht so denke, sagt Luca, aber jedes Mal, wenn ich zu Hause gewesen bin, hätte ich auch gerne eine ordentliche Familie.

Entgegen Carlas Erwarten bleibt Luca völlig ruhig.

Er betrachtet sich im Spiegel. Aufmerksam. Sehr lange.

Seine Augen lachen. Er fährt mit den flachen Händen über den karierten Kittel.

Luca hat die Zusage erhalten. Er kann im Konservatorium in Tokio mit seiner Arbeit beginnen.

Zu seinem Auftritt dreht er sich langsam mit kleinen Schritten um.

Eins, zwei, drei, sagt Carla.

Ich bereue es aufrichtig, gesteht Luca, nicht gelenkiger zu sein.

Zu einem zweifachen Salto mortale will er ansetzen oder wenigstens zu einem Purzelbaum.

Statt dessen geht er auf Carla zu und setzt sich neben sie auf die Tischplatte. Ihre Füsse baumeln nebeneinander hin und her.

Und? fragt Luca.

Wenn er den Vertrag unterschreibt, wird er bereits in wenigen Wochen in Tokio sein.

Nichts und, sagt Carla.

Endlich erhält Carla eine Nachricht.

Wie Du Dir denken kannst, habe ich oft angerufen.

Viel schreibt Luca nicht. Nur, dass er sich seit der Ankunft täglich den Bauch mit Ramen und Udon vollschlägt und dass er nun bei Ryos Onkel Takumi wohnt.

Bauvorschriften scheint es in Tokio keine zu geben, meint Luca. Bereits nach wenigen Tagen drehe er den Kopf nach nichts mehr um. Takumi wohnt im Stadtviertel Ikebukuro, ganz in der Nähe des Bahnhofs. Es ist ziemlich laut hier, schreibt Luca, aber stell dir vor, ich gehe zu Fuss zur Arbeit, und das in einer Millionenstadt.

Auf dem unteren Teil seines Briefs hat Luca eine Adresse notiert. Am Vortag hatte er einen Cellisten kennengelernt. Von dem er die Adresse erhalten hatte.

Ein Streicherensemble, mit vierzehn Musikern. Eine Stelle für Viola wird in absehbarer Zeit frei werden.

Der Flug ist angenehm ruhig. Nachdem Carla länger den schmalen Gang auf und ab gegangen ist, hat sie den Reissverschluss ihrer Tasche aufgezogen. Sie holt den Discman heraus und klappt den Tisch von der Rückenlehne des Vordersitzes herunter. Wie auf jeder Reise hört sich Carla eine CD nach der anderen an und macht sich zuweilen Notizen.

Neben Carla sitzt eine ältere Japanerin. Sie liest in einem Buch. Carla schaut an der Frau vorbei aus der Fensteröffnung. Über den Flügel ziehen Wolkenfetzen.

Ein paar Wochen vor der Abreise hat sich Carla mit dem Vater und den Grosseltern zerstritten.

Adrian hat ausnahmsweise geschwiegen, obwohl er sich nur zu gerne auf die Seite des Vaters und der Grosseltern gestellt hätte.

Carla wird ihnen aus Japan schreiben und dem Brief ein Bild von sich beilegen.

Als ein Signal ertönt und das Schild mit dem Gurt aufleuchtet, weckt Carla die ältere Japanerin, die über ihrem Buch eingenickt ist.

Die beiden Frauen schauen aus dem kleinen Fenster.

Erst unmittelbar vor der Landung tauchen die Lichter des Tokio International Airport auf.

Jacqueline Moser
Lose Tage
Roman

Konzept Design
Gottschalk+Ash Int'l

Foto Jacqueline Moser
© Christian Schnur

Druck und Bindung: GGP Media GmbH, Pößneck
Printed in Germany
Erste Auflage 2008
ISBN 978-3-940888-21-1

weissbooks.com